Gaspard-Hubert LONSI KOKO

AU PAYS DES MILLE COLLINES

DU MÊME AUTEUR :

- *La chasse au léopard* – L'Atelier de l'Égrégore, collection Roman – Paris, 2015 – ISBN : 979-10-91580-04-5 ;
- *Dans l'œil du léopard* – L'Atelier de l'Égrégore, collection Roman – Paris, 2015 – ISBN : 979-10-91580-03-8 ;
- *Ma vision pour le Congo-Kinshasa et la région des Grands* Lacs, Éditions de l'Harmattan – Paris 2013 – ISBN : 978-2-343-02079-2 – EAN Ebook format Pdf : 9782336330327 ;
- *Congo-Kinshasa : le degré zéro de la politique*, Éditions de L'Harmattan – Paris, avril 2012 – ISBN : 978-2-296-96162-3 – ISBN13 Ebook format Pdf : 978-2-296-48764-2 ;
- *La vie parisienne d'un Négropolitain* – L'Atelier de l'Égrégore, collection Roman – Paris, 2012 – ISBN : 979-10-91580-06-9 ;
- *Mitterrand l'Africain ?* – L'Atelier de l'Égrégore, collection Arbre à Palabre – Paris, 2012 – ISBN : 979-10-91580-02-1 ;
- *Drosera capensis* – L'Atelier de l'Égrégore, collection Roman – Paris, 2005 – ISBN : 979-10-91580-01-4 ;
- *Le demandeur d'asile* – L'Atelier de l'Égrégore, collection Document/Réalité – Paris, 2012 – ISBN : 979-10-91580-00-7 ;
- *La République Démocratique du Congo, un combat pour la survie* – Éditions de l'Harmattan – mars 2011 – ISBN : 978-2-296-13725-7 – ISBN Ebook format Pdf : 978-2-296-45021-9 ;
- *Socialisme : un combat permanent* – Tome I – *Naissance et réalités du socialisme* – L'Atelier de l'Égrégore, collection Arbre à Palabre – Paris, 2008 – ISBN : 978-2-916335-04-9 (coécrit avec Jacques Laudet) ;
- *Un nouvel élan socialiste*, Éditions de L'Harmattan, collections Question contemporaine, Paris, mai 2005 – ISBN : 2-7475-8050-4 – ISBN Ebook format Pdf : 978-2-296-39177-2.

Gaspard-Hubert LONSI KOKO

AU PAYS DES MILLE COLLINES

Collection Crime & Suspense

L'Atelier de l'Égrégore

ISBN : 979-10-91580-17-5 – EAN : 9791091580175
© L'Atelier de l'Égrégore, février 2016
Courriel : atelieregregore@gmail.com

Aux millions de morts inutiles au Rwanda et dans l'Est de la République Démocratique du Congo à cause de la soif du pouvoir. Ce sont des victimes de la bêtise et de la méchanceté humaines.

CHAPITRE PREMIER

En cette fin de matinée, l'incertitude régnait de plus en plus à Kigali. La tension était très tendue entre les Hutus et les Tutsis. Un calme impressionnant régnait dans le bâtiment où, d'habitude, des ressortissants occidentaux, notamment des citoyens français, effectuaient des va-et-vient pour moult raisons : démarches administratives, réceptions, conférences, manifestations culturelles... Depuis quelques jours, la République du Rwanda ressemblait à une poudrière qui pouvait exploser à chaque instant. Tel un volcan en pleine activité, le pays était en ébullition. Les diplomates occidentaux, souvent informés par avance sur le futur proche d'un quelconque État africain situé dans la zone d'influence française, le fameux « pré carré », s'attendaient sans conteste à un conflit civil d'un moment à l'autre. Il était donc question, au premier abord, de prémices d'une guerre armée aux origines ethniques. Le pays des mille collines était déjà sous cocotte-minute, disait-on dans les chancelleries européennes et nord-américaines. La situation ne dépendait plus que de la réaction de la branche armée du FPR[1], dont les dirigeants bénéfi-

---

[1] Le Front patriotique rwandais, d'abord mouvement de guérilla puis parti politique, est apparu officiellement en décembre 1987. Plusieurs de ses membres fondateurs, dont Fred Rwigyema et Paul Kagamé, ont participé à la reconquête de l'Ouganda par Yoweri Kaguta

ciaient du soutien indéfectible du président ougandais Yoweri Kaguta Museveni. Ces insoumis rwandais s'étaient regroupés au sein d'une milice tutsie dont le plus grand nombre était cantonné, à cette époque, au Burundi voisin.

La complexité des relations entre les différentes populations des pays de la région des Grands Lacs africains a toujours tiré sa source dans les incessants conflits fonciers et dans la manifeste volonté de quelques minorités, notamment les Nilotiques et les Soudanais, d'imposer leur domination à la très grande majorité bantoue en vue de la création de l'empire Hima. Ainsi, selon les circonstances, les accords de non-agression entre les Nilotiques et les Soudanais au détriment des locuteurs bantouphones variaient selon qu'il s'agissait de l'Ituri, du Kivu ou de l'Équateur en République du Zaïre. Dans la région du Kivu, les ressortissants rwandais et burundais, fussent-ils Tutsis ou Hutus, se liguaient délibérément contre les populations zaïroises quand cela les arrangeait. Mais une fois en désaccord avec les Nilotiques, en l'occurrence les Tutsis, les bantouphones originaires du Rwanda, c'est-à-dire les Hutus, se coalisaient naturellement avec les autochtones – c'est-à-dire avec les citoyens zaïrois. Bref, les rapprochements évoluaient selon les intérêts conjoncturels. Tant que l'on n'aurait pas à l'esprit les alliances et les mésalliances circonstancielles entre ces différentes populations, on aurait beaucoup de mal à trouver les solutions appropriées, surtout dans la partie orientale de l'ancien Zaïre, à savoir l'actuelle République Démocratique du Congo, où la trahison et la forfaiture n'ont jamais cessé de fausser les données régionales, amplifiant ainsi la haine entre les administrés des pays concernés. Plus précisément, dans les régions du Kivu et de l'Ituri, Kinshasa devrait faire éclater, par tous les moyens, le front

---

Museveni et la National resistance army (NRA) entre 1981 et 1986. Après avoir occupé des postes de haute responsabilité dans l'armée ougandaise, ils ont été mis à l'écart précisément à cause de leur origine rwandaise. La plupart des membres du FPR étaient issus de la diaspora tutsie qui avait fui le Rwanda après les massacres de 1959, 1963 et 1973. Le noyau de ses dirigeants provenait de la diaspora rwandaise d'Ouganda. L'Armée patriotique rwandaise (APR) était donc la faction armée et clandestine du FPR.

commun rwandophone tout en garantissant la protection et les droits des minorités. Kinshasa devrait se doter d'un véritable bras armé capable de dissuader les velléités expansionnistes et l'appétit vorace des pays limitrophes situés à l'Est. En tout cas, seules la sincérité et la fidélité à la nation congolaise pourraient constituer, de nos jours, un facteur déterminant à la pacification de la région des Grands Lacs. Le bon voisinage serait très difficile tant que ces deux fléaux, à savoir la trahison et la forfaiture, ne seraient jamais sévèrement punis par les autorités administratives, notamment kinoises.

Dans l'un des bureaux de ce bâtiment, un homme à la peau hâlée, semblable à celui d'un saurien, les cheveux légèrement grisonnants, s'était penché sur un document qu'il consultait avec beaucoup d'intérêt. À l'instar de tout le reste du personnel de l'ambassade de France à Kigali, le quinquagénaire avait triste mine.

Au-delà de la métaphore volcanique, donc explosive ou éruptive, le Rwanda ressemblait surtout à une jungle où la raison du plus fort était sans cesse la meilleure. Cela était dû au manque de relève sérieuse en mesure d'assurer, à la suite de la vacance involontaire du pouvoir exécutif, la destinée de ce petit pays très pauvre. La disparition du dictateur Juvénal Habyarimana, un Hutu modéré qui avait trouvé la mort lorsque l'avion présidentiel s'apprêtait à atterrir sur la piste de l'aéroport Grégoire Kayibanda, à quelques kilomètres de la ville de Kigali, ne pouvait que confirmer une telle hypothèse. Celle-ci augurait une guerre armée et des conflits civils aux conséquences dramatiques.

La sonnerie détourna de la lecture l'attention du crocodile métamorphosé en être humain. Naturellement, comme par automatisme, le lecteur consciencieux appuya sur un bouton. La porte s'ouvrit. Un légionnaire d'une trentaine d'années, à la corpulence patibulaire, s'introduisit dans la pièce où se trouvait le saurien humanisé. Il salua militairement, puis tendit au diplomate un document cacheté émanant d'un fonctionnaire, ou d'un quelconque conseiller ministériel ou présidentiel, qui était basé à Paris.

– Un pli confidentiel pour vous, monsieur l'ambassadeur.

– Merci, sergent !

Le vaillant légionnaire déserta le bureau climatisé qu'occupait le plénipotentiaire. Ce dernier, aussitôt au courant du message qui était extirpé d'une enveloppe blanche – grand format – portant en couleur rouge la mention administrative « Très signalé »[2], décrocha le combiné téléphonique. Une fois sa correspondante au bout du fil, il s'exprima.

– Madame Bachellard, pourriez-vous dire s'il vous plaît à monsieur Duthot de me rejoindre dans mon bureau ? C'est très urgent.

– Entendu, Votre Excellence !

L'ambassadeur eut soudain à l'esprit les événements qui étaient survenus vingt et un ans plus tôt, en début de l'année 1972, relatifs aux troubles interethniques – consécutifs aux massacres des Hutus au pays voisin, c'est-à-dire au Burundi, par la junte militaire tutsie sous la présidence du lieutenant-colonel Jean-Baptiste Bagaza, l'auteur du coup d'État de 1976 contre le président Michel Micombero. Cette boucherie à l'échelle nationale avait fragilisé le régime rwandais, lequel était confronté en même temps aux rivalités régionalistes Nord-Sud et au coup d'État organisé le 5 juillet 1973 par le ministre de la Défense, Juvénal Habyarimana, à l'encontre de la personne du président élu Grégoire Kayibanda. Ainsi craignait-il les violences ethniques – lesquelles avaient provoqué, en juillet 1973, l'exil des Tutsis et leur organisation au sein du Front patriotique rwandais – au détriment cette fois du régime majoritairement hutu en place à Kigali.

Quelques minutes plus tard, Jean Duthot, qui exerçait la fonction de premier conseiller d'ambassade, entra dans le bureau du chargé de mission diplomatique. Il frôlait avec discrétion la cinquantaine.

---

[2] Top secret, très confidentiel.

On aurait dit James Bond, connu par son numéro de matricule 007, l'agent secret au service de Sa Majesté la Reine d'Angleterre. Le nouveau venu était classiquement habillé, costume beige et cravate noire impeccablement ajustée sous le col rigide d'une chemise blanche sans doute amidonnée, la température étant clémente dans la capitale rwandaise. En effet, alors qu'il pleuvait abondamment, de belles éclaircies se produisaient dans la journée et il ne faisait jamais très chaud, ni très frais. En ville, les vêtements légers, pour les promenades diurnes, faisaient bien l'affaire. Un pull-over pour les soirées, lesquelles battaient cette année le record de fraîcheur, était surtout recommandé. Les vêtements solides, du genre jean, étaient indispensables seulement pour les circuits touristiques à travers la savane.

— Veuillez prendre place, monsieur le conseiller.

— Merci, Votre Excellence !

Le plénipotentiaire passa le pli en sa possession au sieur Jean Duthot. Ce dernier, après avoir pris connaissance de l'embarrassante information, resta un instant à quia. La bouche ouverte manifesta sa stupéfaction, laquelle le poussa à écarquiller les yeux. Hallucinant !

— C'est absolument catastrophique, dit l'ambassadeur. Si cette mauvaise nouvelle se répand, ça risque de produire un effet terrible. Qu'en pensez-vous ?

— Cette information est une véritable bombe. Elle peut éventuellement ternir l'image de la France, auprès des pays de la région des Grands Lacs, si nous ne réagissons pas. D'où la tenez-vous ?

— D'une source interne. Ce tuyau est l'œuvre d'un de nos agents qui fréquentent régulièrement les quartiers populaires de Kigali.

— Êtes-vous certain de la *sériosité* de cet indicateur ?

— Jusqu'à présent, tous les renseignements de cet homme se sont avérés. Je ne vois pas pourquoi il essaierait de nous induire en erreur. Il y va de sa rémunération et de son avancement sur le plan administratif.

– Parce que c'est un compatriote ?
– Tout à fait.
– Votre informateur est donc un agent de la DGSE[3] ?
– Plus ou moins.

Au cas où il s'agirait réellement d'un canal interne, le personnel diplomatique français qui était en poste dans la capitale rwandaise devrait prendre toutes les dispositions possibles. Celles-ci s'imposeraient *de facto* dans le cas où l'on voudrait éviter la catastrophe, plus précisément un bain de sang. Raison pour laquelle l'ambassadeur voulait avoir davantage de précisions qui lui permettraient de réagir avec efficacité, au cas où la France et les forces onusiennes tarderaient à intervenir. Cela aurait au moins le mérite de limiter les dégâts, de sauver quelques milliers de vies humaines.

– J'imagine que, essaya d'argumenter le conseiller aux allures de l'agent 007, le monde entier estimera que le double assassinat des présidents Habyarimana et Ntaryamira est l'œuvre des troupes françaises dont le plus gros contingent est stationné à Kigali.

– Dites-vous bien que c'est aussi ma crainte. Mais il y a pire encore.

– À quoi Votre Excellence pense-t-il ?

– Compte tenu de l'avancée très fulgurante des éléments du FPR, plusieurs millions de citoyens rwandais risqueront de franchir la frontière occidentale et déstabiliser l'Est du Zaïre, notamment la région du Kivu. L'établissement immédiat et sans préalable d'un cessez-le-feu, ainsi que la reprise des négociations entre les deux parties opposées doivent obligatoirement avoir lieu dans un délai le plus court possible. La France doit à tout prix empêcher, pour redorer son blason, la déstabilisation de la région et une nouvelle tragédie

---

[3] La Direction générale de la sécurité extérieure. C'est un service de l'État français, placé sous l'autorité du pouvoir exécutif, qui opère dans un cadre juridique et déontologique très strict. Ses activités, qui sont définies par l'autorité politique, ont pour objectif exclusif la sauvegarde des intérêts de la France. Leur réalisation concourt, notamment, à la protection des citoyens français partout dans le monde.

humanitaire qui peut devenir un génocide. Si nous n'agissons pas dans l'urgence, notre pays portera moralement, à tort ou à raison, une très lourde responsabilité.

— Je ne vois pas ce que nous pouvons entreprendre dans l'immédiat. Seule notre armée peut empêcher un tel scénario de se produire, grâce à une action de grande envergure. Il faut stopper l'avancée du FPR. Cela permettra de confiner Paul Kagamé et ses hommes dans une zone bien circonscrite et de les obliger à négocier.

— Si nous faisons intervenir urgemment nos militaires, on nous accusera d'ingérence dans les affaires intérieures d'une nation souveraine.

— Le point de vue des rebelles ne pèsera pas contre celui de la France, surtout dans le concert des Nations Unies.

— Vous semblez ignorer un fait très important.

— Lequel ?

— Si le FPR est officiellement soutenu par l'Ouganda, il bénéficie en réalité de la protection des puissances anglo-saxonnes.

— De l'Angleterre et des États-Unis ?

— Sans compter la Belgique qui, dans cette histoire, joue un double jeu. Ce n'est pas nouveau, de la part de nos voisins. Les Belges ont toujours vu d'un mauvais œil notre présence dans leurs anciennes colonies.

— Il faut croire qu'ils ont encore en mémoire la menace du général De Gaulle, s'agissant du droit de préhension sur l'ancien Congo-Belge.

La crise rwandaise avait éclaté dans un contexte relatif à la recherche des leaders aussi bien à l'intérieur de la République du Zaïre que dans l'ensemble des pays de la région des Grands Lacs. De plus, après avoir rendu docilement moult services aux commanditaires occidentaux, la plus-value du président-maréchal Mobutu Sese Seko était très écornée à la fin de la guerre froide. Ainsi, vilipendé à la fois par la plus grande majorité de citoyens zaïrois et les populations voisines, l'ancien allié était devenu absolument encombrant pour les Américains et pestiféré pour les Belges. Seuls les Français essayaient de le sauver, mais l'ingéniosité de Jacques Foccart n'avait pas suffi à rafistoler son costume usé. Par conséquent, l'oncle Sam opta pour un nouveau cheval de Troie, dans la région, en la personne de Yoweri Kaguta Museveni. Ce dernier n'était rien d'autre que le protecteur des Tutsis du Front patriotique rwandais. En tout cas, ragaillardi par ses soutiens américains, le fils de Kaguta commença à se prendre pour le Bismarck des Grands Lacs. Ainsi devait-il ravir au maréchal zaïrois le leadership régional. Le président ougandais devait devenir le nouveau parrain. Don Museveni !

Le premier conseiller de l'ambassade rappela néanmoins à son interlocuteur que la France et le Rwanda avaient signé, en 1975, un traité d'assistance militaire. Celle-ci était encore applicable, lors du triste événement ayant occasionné la mort des présidents Habyarimana et Ntaryamira.

– De toute évidence, poursuivit Jean Duthot, on ratifie un accord pour l'appliquer en cas de nécessité. Nous avons intérêt à demander à quelques membres du gouvernement rwandais de transition d'évoquer l'aspect humanitaire pour faire appel à la communauté internationale.

– Le sempiternel prétexte.

– On n'a pas une alternative. Les choses se sont toujours déroulées ainsi. Nous avons agi de la sorte à deux reprises, dans un passé proche, pour voler au secours du président Juvénal Habyarimana. Cette stratégie a également fonctionné à merveille au Zaïre, en maintes occasions, pour le maintien du maréchal Mobutu Sese Seko au pouvoir.

– Le sort des citoyens rwandais dépendra de l'attitude responsable ou non de leurs compatriotes, rappela l'ambassadeur de France. Le FPR n'est pas à cet instant notre adversaire. L'armée française doit en principe rester neutre, jusqu'à preuve du contraire, dans ce conflit interne. Si la communauté internationale ne se prononce pas clairement, la France ne mènera aucune opération militaire en faveur du gouvernement de transition présidée par le docteur Théodore Sindikubwako, ni ne s'opposera au succès des rebelles tutsis. Une manœuvre de ce genre désavantagera Paris.

– Le traité qui avait été signé entre les présidents Habyarimana et Valéry Giscard d'Estaing doit logiquement être mis en application. Votre Excellence le sait très bien. Nous nous contenterons de tendre une main secourable aux autorités en place. Rien que ça.

– Intervenir coûte que coûte ? Au profit du président par intérim, le docteur Sindikubwako ?

– Loin de moi toute idée discriminatoire. Je pense plutôt au peuple rwandais.

– Les Tutsis, les Twas ou les Hutus ?

– Les plus convaincants.

– Les plus convaincants ? Nous sommes en pleine diplomatie, monsieur le conseiller. Vous le savez pertinemment.

– Tout justement, le traité nous permet d'agir de la sorte.

– Ce pacte a été signé, juste un petit rappel, avec feu Juvénal Habyarimana.

– Et alors ?

– Le FPR, qui est en position de force, ne tiendra sûrement pas compte de ce document, lequel est caduc aux yeux de ses dirigeants depuis la mort d'Habyarimana.

– Le gouvernement de transition n'a en aucun cas remis en cause les accords qui ont été signés par le Rwanda, à ce que je sache.

– C'est vrai. Mais que peut faire le président intérimaire, au sein d'un comité qui est sous l'emprise de la main de fer du colonel Théoneste Bagosora, l'ancien chef d'un gouvernement qualifié de génocidaire ?

– Que fait-on du sacro-saint principe de la continuité de l'État ? Pourquoi cette réticence de votre part ?

– Parce que nous n'aurons plus affaire, dans très peu de temps, aux autorités rwandaises officiellement installées au pouvoir à titre provisoire. Nous traiterons plutôt avec les rebelles du FPR.

– De quel côté vous situez-vous ?

– De celui de la France.

– Votre Excellence me rassure. Pour l'instant, les rebelles du général Kagamé n'ont pas encore pris le pouvoir. Nous devons agir vite, avant qu'il ne soit trop tard. Nous devons mettre en application les accords franco-rwandais.

– Je veux bien faire des recommandations dans ce sens. Mais nous ne sommes que, vous et moi, des simples exécutants, monsieur le conseiller. Seules les grosses légumes du Quai d'Orsay auront le dernier mot.

– Disons plutôt celles de l'Élysée.

– Vous avez complètement raison. J'ai oublié que nous nous trouvons, sur le plan politique, en pleine cohabitation. Ce paramètre change pas mal de données.

L'ambassadeur de France insista beaucoup sur le fait que, sans aucune information pertinente de la part des services diplomatiques et ceux de renseignements basés à Kigali, le quai d'Orsay et l'Élysée seraient dans l'incapacité d'agir à bon escient. Ainsi fallait-il éclairer ces deux institutions de la République française sur les événements qui étaient en train de se dérouler au Rwanda, plus précisément sur les conséquences internes et leurs incidences sur le plan régional.

– Le personnel de l'ambassade ne doit être, sous aucun prétexte, au courant de l'existence de ce document, précisa le plénipotentiaire. En cas de fuite, je saurai forcément à qui attribuer la faille.

– Je suis un diplomate au service de la France.

– C'est ce que je voulais vous entendre dire.

– Vous ne mettez quand même pas en cause mon patriotisme et mon sens du devoir.

– Pas du tout, monsieur le premier conseiller. Maintenant, il ne nous reste plus qu'à alerter Paris. Merci, en tout cas, pour votre collaboration !

– De rien, Votre Excellence ! Ça relève, vous le savez très bien, de mes attributions.

Quand le premier conseiller nommé Jean Duthot eut déserté le bureau cossu où venait de se tenir la miniréunion, le chef de mission diplomatique leva son corps ayant traversé au moins cinquante-cinq printemps. Il s'orienta ensuite vers la fenêtre. La magnifique vue sur le paysage de Kigali lui procura des remords. Son Excellence aimait beaucoup ce pays, où il s'était installé comme diplomate depuis plus de cinq ans. Il préférait cette partie de l'Afrique à sa Bretagne natale, plus précisément le *Pen Arbed*[4] où la rivalité plus ou moins naturelle – entre la pierre et la verdure, entre la millénaire tradition ancestrale et la modernité, entre les cultures celtique et gauloise – coexiste à merveille. Au pays des mille collines, le Breton pouvait sans doute se permettre un bon nombre de choses que la France ne lui offrirait que partiellement ou de manière exceptionnelle : se dorer gratuitement la peau, s'adonner à cœur joie à l'art de la double détente verticale, mener une vie de nanti à moindres frais, partouzer en toute innocence à la belle étoile avec des partenaires réputées infatigables et ingénieuses sur plan coïtal… Il assistait, impuissant, à l'effondrement de l'eldorado sous ses pieds. Bref, il était dépassé par les événements.

Quant au premier conseiller de l'ambassade de France à Kigali, il se dit qu'il fallait absolument prendre des initiatives audacieuses pour sauver ce petit paradis africain. La problématique, au-delà du devoir initial, était surtout personnelle, donc sentimentale. Pourquoi cette stupide rivalité entre les peuples, entre les différents groupes ethniques ? Telle était la question qui ne cessait de tourmenter la conscience du diplomate. « *Celui qui n'a pas d'esprit apprécie le sien* », rappelle un vieux proverbe rwandais.

L'épineuse et historique rivalité entre les Hutus et les Tutsis, devenue presque légendaire, était à l'origine du refus de la cohabitation

---

[4] La tête de la Bretagne, en breton : c'est-à-dire le Finistère.

ethnique et politique, ayant ainsi déchiré la cohésion sociale et per-
turbé l'équilibre national au pays des mille collines. Pasteurs noma-
des qui possédaient des grands troupeaux de bovins, paraît-il, les
Tutsis se caractériseraient par leur grande taille, c'est-à-dire par leur
morphologie, et leur volonté de s'imposer. Selon les hypothèses des
historiens belges, ils seraient peut-être arrivés des hauts plateaux
éthiopiens. Installés au Rwanda, ils y auraient peu à peu dominé les
descendants des Pygmées, à savoir les Twas, et les Hutus. Ces populations devinrent leurs sujets, à l'issue de la création de la monarchie
féodale tutsie. Après l'indépendance et la chute de cette royauté,
l'instauration de la République au Rwanda permit aux Hutus, peuple
très largement majoritaire, de prendre possession des terres et d'assumer la direction du pays sous la présidence de Grégoire Kayibanda.

CHAPITRE II

Au Quai d'Orsay, dans le paisible septième arrondissement de Paris, le bureau ministériel fut envahi par des conseillers grotesquement qualifiés de spécialistes de l'Afrique. Certains d'entre eux n'y avaient jamais mis les pieds, ni fréquenté des Africains, tandis que d'autres avaient seulement quelques copains originaires de cette partie de la planète. Ainsi croyaient-ils détenir, de ce seul fait, une connaissance sans faille des aspects coutumiers, sociaux, économiques et politiques concernant ce continent. L'ambiance était presque morose. Il y allait du succès du gouvernement conservateur dirigé par le très conciliant Édouard Balladur et, par ricochet, de la fin honorable ou catastrophique du second septennat du socialiste François Mitterrand. La deuxième cohabitation de l'histoire de la Ve République française, entre la droite et la gauche, allait-elle s'embourber dans les méandres et les marigots rwandais ? L'action qui serait engagée dans l'un des pays des Grands Lacs constituerait un facteur déterminant, en matière de politique extérieure, à propos de la prochaine élection présidentielle en France. Le Premier ministre récemment nommé le savait. Un faux pas devrait être exclu. Un échec ne devrait donc être permis. Une fois de plus, le devenir d'une partie de l'Afrique subsaharienne dépendait des enjeux purement franco-français.

– Tout le monde a pris connaissance du document en provenance de Kigali, fit remarquer le chef de la diplomatie française, l'indéfectible chiraquien Alain Juppé. Que ceux qui ont des observations, ou suggestions, le fassent.

– Quelle est la position officielle de l'Hôtel Matignon ? osa demander un jeune conseiller, vraisemblablement béotien en la matière.

– Le Premier ministre souhaite à juste titre se prononcer à la suite de quelques réunions comme celle-ci, souligna le patron de la diplomatie. Nos différents services doivent rassembler les plus d'informations possibles. Ils doivent surtout permettre à Matignon d'ébaucher un plan d'action cohérent.

– Et la présidence de la République ? interrogea avec timidité un autre pseudo-spécialiste de l'Afrique.

– L'Élysée ne sera mis au courant officiellement qu'à l'issue de l'approbation de Matignon, répondit le ministre des Affaires étrangères. Mais ne rêvons pas. Les services de la présidence de la République sont déjà informés, d'une manière ou d'aune autre, par des canaux que nous ne maîtrisons pas. Ils ont été prévenus, assurément, bien avant nous. La cellule africaine a toujours fonctionné à l'Élysée, depuis le général De Gaulle jusqu'à François Mitterrand. Leurs successeurs, gaullistes et socialistes, emboîteraient le pas.

– Comment ça, n'est-ce pas au gouvernement de s'occuper des affaires de notre pré-carré ? réagit presque avec nervosité le directeur de cabinet, dont l'attitude s'apparentait à un réflexe tout à fait néo-colonial.

– En plus, l'ambassadeur qui est en poste à Kigali est très proche de l'opposition socialiste. En période de cohabitation, vous ne l'ignorez guère, il existe un gouvernement parallèle à l'Élysée. Sachez qu'une autre réunion de crise se tient, en ce moment, au Palais d'Évreux[5] entre les différents spécialistes mitterrandiens de l'Afrique.

---

[5] La vraie appellation du Palais de l'Élysée, siège de la présidence de la République

– Attendons de savoir ce qu'ils vont nous proposer, intervint pour la énième fois un conseiller. Je ne vois pas ce que nous pouvons faire d'autre.

– Logiquement, dit le directeur du cabinet ministériel, les conseillers du Palais agiront, ou réagiront, en fonction de notre positionnement. Au Palais de l'Élysée, ils aiment bien jouer à cache-cache. Le président de la République est un vieux matou qui excelle dans l'adversité. Ça ne le gênera pas, encore une fois, de jouer au chat et à la souris. Ses conseillers ne prendront donc aucune initiative, publiquement, avant celle du gouvernement. La présidence se contentera, au contraire, de cautionner l'action gouvernementale afin d'en tirer davantage profit. Tant que tout ira mieux, la France parlera d'une même voix. Seulement, en cas d'échec, François Mitterrand et son entourage s'en sortiront haut la main.

– Il est grand temps que nous nous décidions, compléta le ministre ayant en charge les Affaires étrangères. Le temps joue contre nous.

– Je ne suis pas d'accord avec quelques arguments qui viennent d'être avancés, s'opposa un autre conseiller. Si la situation tourne mal au Rwanda, c'est plutôt la politique socialiste qui sera mise en cause. Nous avons intérêt à laisser pourrir les choses.

– On voit bien que vous ne connaissez pas François Mitterrand, s'interposa le directeur de cabinet. Le fait de s'embourber dans la région des Grands Lacs lui permettra, grâce à la patte du chat, de tirer les marrons du feu.

Les participants à cette réunion crurent entendre, en provenance de l'extérieur, les ronronnements d'un vieux matou. Le ministre des Affaires étrangères, le très flegmatique et brillantissime Alain Juppé, toujours droit dans ses bottes, renchérit en soutenant *mordicus* que les socialistes n'étaient plus au pouvoir. Par conséquent, cela ne servait absolument à rien de raisonner comme si l'on n'avait pas affaire, en France, à un gouvernement de droite.

---

française.

– Il est évident que la gauche et la droite ont toujours su adopter depuis plusieurs années la même ligne de conduite, en matière de politique africaine, rappela néanmoins le ministre. Nous ne nous en sortirons pas en essayant chaque fois de contrecarrer les initiatives de la présidence. Plus sérieusement, notre pays risque d'être montré du doigt à cause de la situation qui prévaut ces temps-ci au Rwanda. Or, dans la période de cohabitation, la France c'est le gouvernement. Une collaboration s'imposera, à un moment donné, entre Matignon et l'Élysée.

– Notre gouvernement, ajouta le directeur de cabinet, en trouvant la solution appropriée, sauvera sans doute les intérêts français dans cette partie de l'Afrique. Mais il ne faudra pas que ça profite au Palais de l'Élysée. Nous devons avoir ce paramètre en tête.

– Dépêchons déjà des gens et du matériel à Goma et à Bukavu, suggéra un conseiller. Une opération sur le terrain est plus que jamais inévitable.

– Dans ce cas, reprit un autre participant à la réunion de crise, faisons intervenir nos agents qui se trouvent déjà à Kigali et à Kinshasa. Un Français dépêché exprès par Paris éveillera l'attention de tout le monde. Ça sera plus discret si les initiatives se prennent sur place. Par ailleurs, il faut l'accord du maréchal Mobutu Sese Seko, ce vieux léopard en sursis, pour opérer à partir des villes de Goma et de Bukavu, dans la très sensible et stratégique région du Kivu. La France devra se servir du territoire zaïrois, comme base arrière.

– Le problème, reprit avec calme le chef de la diplomatie, c'est que la plupart des agents qui agissent dans la région des Grands Lacs sont sous la direction des ambassadeurs qui sont très proches des socialistes. L'Élysée aura un avantage considérable sur nous, si ces hommes entrent officiellement dans la danse. Effectivement, quelques agents de la DGSE, ceux qui nous sont favorables, doivent débarquer d'urgence dans la capitale rwandaise. Ils doivent agir clandestinement pour détruire toutes les preuves qui peuvent compromettre la France. Nous devons nous presser. Ne laissons pas le champ libre à la présidence de la République.

– Et si la situation se détériore encore plus ? s'enquit un autre participant. Les actions de nos agents peuvent se télescoper au détriment des intérêts nationaux.

– Ne soyons pas pessimistes, se manifesta le directeur de cabinet. Au point où en sont les choses, nous ne pouvons plus reculer. En cas d'échec, nous limiterons au moins les dégâts. Nous penserons à une autre parade seulement dans l'hypothèse d'un résultat négatif. Mais, pour l'instant, n'anticipons pas. Soyons plutôt optimistes.

– Que l'on trouve des spécialistes en catastrophe aérienne, conclut le ministre des Affaires étrangères. Nous devons mettre la main sur les deux « boîtes noires » avant tout le monde. Seul cet objectif peut éviter la confirmation des soupçons qui pèsent sur la France, concernant l'assassinat des présidents rwandais et burundais. Cela ne pourra que clarifier davantage cette affaire, en identifiant les vrais auteurs de ce crime de lèse-majesté. Retrouvons-nous dans ce bureau, de préférence en début d'après-midi, pour faire le point sur cette éventuelle intervention à Kigali.

Deux pays endeuillés. Deux magistrats suprêmes assassinés en même temps. Après avoir été sans conteste l'un des éminents membres du FRODEBU[6], avec Melchior Ndadaye, le premier président de la République démocratiquement élu au Burundi qui fut assassiné après cent deux jours de pouvoir, le président Cyprien Ntaryamira périt en compagnie de deux de ses ministres, Bernard Ciza et Cyriaque Simbizi, en même temps que le président rwandais Juvénal Habyarimana. Il était évident que la situation était en train de se détériorer dans la région des Grands Lacs. Elle ne cessait d'empirer, au grand désespoir des populations civiles indépendamment de leurs groupes ethniques.

Après que tout le monde eut déserté le bureau, le ministre français des Affaires étrangères et son directeur de cabinet, un jeune homme

---

[6] Front pour la démocratie du Burundi (*Sahwanya-Frodebu*).

d'excellence famille, essayèrent de faire le premier bilan de cette réunion de crise. Cela permettrait de définir, dans l'après-midi, les pistes susceptibles de configurer l'ossature finale.

– Qu'en dites-vous, franchement ? demanda le chef de la diplomatie.

– C'est une situation très délicate.

– Je ne peux que partager votre point de vue. Mais, nous ne pouvons pas rester longtemps les bras croisés. Si nous ne réagissons pas à temps, croyez-moi, le monde entier accusera à tort la France de vouloir déstabiliser le Rwanda et toute la région des Grands Lacs.

– Tout à fait.

– Nous aurons besoin du feu vert du gouvernement qui, pour mener une quelconque opération dans le territoire rwandais, sollicitera l'accord du Palais l'Élysée. Nous devons donc éviter, pour plus d'efficacité, les dissonances stériles entre les différents services ministériels, ainsi que les divergences entre Matignon et la présidence de la République.

– Il va falloir avancer des arguments solides, dans le but de convaincre le Premier ministre, et de lui permettre d'obtenir l'aval de François Mitterrand.

– L'évocation de ces fameuses « boîtes noires », en principe, convaincra largement le binôme constituant l'Exécutif. Mettons surtout l'accent sur les rumeurs qui courent à propos du rôle des militaires français dans l'assassinat des présidents Habyarimana et Ntaryamira. Il faudra aussi que nous nous entretenions avec le ministre de la Défense.

– Et celui de la Coopération également.

– L'objectif, c'est de damer habilement le pion à l'Élysée. Pour y parvenir, les militaires doivent jouer le jeu.

– L'idée est très intéressante, approuva Alain Juppé.

Le ministre des Affaires étrangères décrocha tout de suite le téléphone. L'énarque pianota, dans la foulée, sur quelques touches.

Lorsqu'il eut quelqu'un au bout du fil après avoir composé un numéro déjà gravé dans un coin de sa phénoménale mémoire, la mine très grave, il lâcha quelques mots. On sentait la sévérité dans ses cordes vocables.

– Madame Messmin, j'aimerais contacter en urgence les ministres de la Défense et de la Coopération, s'il vous plaît !

– Je fais le nécessaire. Je commence par qui ?

– L'ordre importe peu.

– Parfait.

Le combiné téléphonique à peine raccroché, le très intelligent locataire du Quai d'Orsay s'extirpa du fauteuil et dirigea vers le bar son corps d'une rigidité sans pareille. Souvent enclin à l'humour pince-sans-rire, Alain Juppé avait envie de vaincre la crispation qui l'empêchait de rester zen.

– Voulez-vous boire quelque chose ? demanda-t-il au directeur de cabinet.

– Je consommerais volontiers du martini.

Le politicien versa l'alcool dans un verre. Ensuite, il passa le contenant à son collaborateur. Après s'être servi un Malaga Cruz, le ministre réintégra son fauteuil. Le téléphone sonna.

– Allô, j'écoute !

– C'est de nouveau madame Messmin à l'appareil, monsieur le ministre. J'ai en ligne votre collègue de la Défense. Je vous le passe.

– Merci beaucoup !

– De rien, monsieur le ministre.

Aussitôt le ministre de la Défense au téléphone et après les salutations faites en bonne et due forme, le chef de la diplomatie française préféra aller à l'essentiel. Le temps était très précieux.

– J'ai besoin de votre collaboration.

– À quel sujet, s'il vous plaît ? voulut savoir François Léotard, qui occupait le portefeuille de la Défense en tant que président du Parti républicain, une structure politique membre de l'Union pour la démocratie française[7].

– Êtes-vous au courant de ce qui se passe, en ce moment, au Rwanda ?

– Vaguement.

– Nous venons de recevoir un câble en provenance de notre ambassade de Kigali. Quelques-uns de nos militaires, paraît-il, risquent d'être compromis dans l'assassinat des présidents rwandais et burundais.

– Vous êtes le premier à m'en parler ouvertement. C'est très inquiétant, tout ça.

– Il va falloir programmer une rencontre, très vite, pour réfléchir sur ce que nous pouvons définir ensemble comme plan d'action.

– Je partage votre point de vue, cher collègue. Où voulez-vous que la rencontre ait lieu ?

– Ce serait idéal que nous nous retrouvions dans nos locaux du Quai d'Orsay.

– Quelle heure vous conviendrait ?

– Je revois mes conseillers en début d'après-midi.

– Je rassemble tout mon état-major. Nous serons au Quai d'Orsay vers quatorze heures trente, confirma le frère Léo[8].

– C'est merveilleux !

– De rien. Nous faisons partie du même gouvernement. Nous nous noierons dans les marigots rwandais, si nous ne sommes pas solidaires.

– C'est vrai. À tout de suite.

---

[7] L'UDF était une fédération de partis politiques français de centre droit et de droite non gaulliste, d'inspiration démocrate-chrétienne, libérale et laïque. Elle fut fondée en 1978 en soutien au président Valéry Giscard d'Estaing.

[8] François Léotard avait envisagé à une époque une carrière ecclésiastique, en ayant passé une année de retraite en 1964 dans le Morvan chez les bénédictins de l'abbaye de la Pierre-Qui-Vire.

Le ministre des Affaires étrangères raccrocha le combiné *bigophonique*, sourire aux lèvres. Il avait l'air d'un gamin qui venait d'apprendre une excellente nouvelle, après de longs moments d'angoisse. La satisfaction le poussa à passer l'une de ses mains, avec une douceur délicieuse, sur le crâne déjà dégarni.

– C'est génial ! lança-t-il à l'égard du directeur de cabinet. Frère Léo et les membres de son staff seront dans nos locaux dans deux heures. Ils assisteront au rassemblement de tout à l'heure. Il vient de le confirmer.

– Ça nous permettra de faire d'une pierre deux coups. Nous aurons avec nous d'une part les civils de la DGSE et, de l'autre, les militaires du calotin.

– Je sens que nous finirons par obtenir gain de cause. Indiscutablement, l'Élysée aura du mal à nous mettre échec et mat.

– Ça, vous pouvez le dire. Mais, en vieux roublard, le président Mitterrand tenterait d'obtenir le pat.

– C'est-à-dire ?

– Aux échecs, si un camp dont le Roi n'est pas attaqué n'a d'autre coup que de mettre ce dernier en prise, donc en échec, on dit que c'est « pat ». Dans ce cas, la partie est déclarée nulle.

La sonnerie du téléphone mit fin à cet entretien qui commençait à verser dans le triomphalisme. Au bout du fil, la très conservatrice madame Messmin fit comprendre au ministre qu'elle avait en ligne son homologue de la Coopération, en l'occurrence Michel Roussin. Ce dernier quitterait, quelques mois plus tard, le gouvernement et serait remplacé par le professeur en médecine Bernard Debré – un des descendants des Michel et Robert Debré.

– C'est bon, vous pouvez transférer la communication sur mon poste direct.

– D'accord.

À quatorze heures et trente minutes, lorsque les délégations des ministres de la Défense et de la Coopération arrivèrent, les diplomates du Quai d'Orsay qui étaient chargés de l'Afrique et de la stratégie militaire se trouvaient dans la salle de réunion. Quand tout le monde se fut enfin installé, le ministre des Affaires étrangères passa à chacun de ses collègues le courrier classé « top secret », en provenance de l'ambassade de France à Kigali. Le ministre de la Défense, après avoir pris connaissance du message en question, essuya la sueur froide qui dégoulinait sur son front.

— Merci beaucoup de nous avoir prévenus à temps, cher collègue ! Nous avons intérêt à passer à l'action sans tarder, proposa-t-il derechef.

— Ça urge, fit remarquer le chef du cabinet d'Alain Juppé. C'est le moins qu'on puisse dire.

— C'est aussi mon avis, commenta le chef de la diplomatie. J'espère qu'avec nos trois ministères, nous aurons moins de mal à convaincre le Premier ministre et à mettre l'Élysée devant le fait accompli.

— Du côté gouvernemental, réagit le ministre de la Coopération, il me semble que les choses se dérouleront très bien. Mon ministère a déjà agi en amont pour que la situation ne soit pas défavorable à la France. Mais cela n'exclut pas d'autres actions susceptibles de conforter ce qui a déjà été entrepris. Par contre, nous devons nous inquiéter de la réaction de l'Élysée. Pensons quand même à assurer nos arrières. Quelques précautions s'imposent.

— La présidence de la République, reprit le ministre, c'est un autre problème. Mais ça ne nous empêche pas de prendre, dès maintenant, quelques dispositions.

CHAPITRE III

L'une des personnes qui s'occupaient avec solennité de l'accueil, au Palais d'Évreux, pria Cicéron Boku Ngoi de patienter un moment dans la paisible salle d'attente. Juste le temps de prévenir le conseiller à qui il rendait visite. Cinq minutes et quelques secondes plus tard, l'un des agents – celui qui l'avait accueilli tout à l'heure – interrompit la lecture de l'homme à la peau d'ébène, dont l'attention était captivée par un article du dernier numéro du vieux magazine *Jeune Afrique*. Celui-ci était consacré à la situation qui était en cours dans la région des Grands Lacs africains.

– Monsieur, c'est bon ! dit courtoisement l'huissier. Vous pouvez y aller. Le conseiller du président de la République va vous recevoir.

– C'est super !

– Longez ce couloir jusqu'au bout, ça va être ensuite, après les marches, la dernière porte à droite.

– Je tâcherai de ne pas me perdre dans ce labyrinthe, pour ne pas croiser le Minotaure.

– Il y a eu des dinosaures dans le Palais mais pas de Minotaure, réagit l'huissier à la plaisanterie du détective.

– Vous me rassurez.

– Pensez surtout à accrocher le badge sur votre veste, s'il vous plaît ! Ça va vous éviter d'être interpellé par les gendarmes et les agents de surveillance.

Le détective suivit de manière scrupuleuse les consignes de l'huissier à la politesse raffinée. Le macaron portant l'inscription *visiteur* – lequel mentionnait le patronyme du ressortissant zaïrois – mit ainsi en évidence la poitrine légèrement bombée. Ainsi l'Africain s'engagea-t-il à travers le couloir aux lambris dorés, une sorte de dédale, lequel menait droit au bureau du conseiller François-Xavier Maccioci. La situation étant trop sensible, elle ne devait surtout pas être abordée à la légère, ni d'ailleurs dans les locaux abritant la cellule Afrique située au numéro 2 de la rue de l'Élysée.

Une fois à destination, le patron du *Ndanda Holding International* appuya son doigt fin sur le bouton de la sonnerie qui trônait à côté de la porte. Celle-ci s'ouvrit tout de suite sur l'occupant. Le diplomate, qui se prenait pour le très grand Charles-Maurice Talleyrand-Périgord, courba légèrement le buste – manifestant ainsi sa disponibilité.

– Bonjour, Commandeur !

– Bonjour, monsieur le conseiller ! Ravi de vous revoir !

– Veuillez entrer et prenez place !

– Merci !

– Que souhaitez-vous consommer, Commandeur ? se renseigna le conseiller, aussitôt le visiteur assis.

– Ça dépendra de ce que vous me proposerez.

– J'ai du whisky, du martini, du porto, du Pineau des Charentais, du pastis…

– Ma préférence est pour le Pineau des Charentais.

– En ce qui me concerne, comme d'habitude, je me servirai volontiers un peu de whisky. Un excellent Bourbon ! Ça fait très mitterrandien !

– Vous avez gravi un bon nombre d'échelons, monsieur le

conseiller. Passer directement du Quai d'Orsay à l'Élysée, c'est une très bonne promotion. Quel exploit, franchement ! Quelle ascension fulgurante !

— Pendant la cohabitation, on retrouve souvent un contre-gouvernement à la présidence de la République.

— C'est devenu fondamental, depuis la première cohabitation entre François Mitterrand et le bouillant Jacques Chirac.

— Comme j'ai été souvent impliqué dans les affaires africaines, le choix du Palais était évident. C'est surtout en qualité d'éminent conseiller de l'ancien ministre des Affaires étrangères que j'occupe naturellement ce poste. J'aurais pu être nommé ambassadeur en Espagne ou au Vatican, peut-être à Washington, mais j'ai préféré être plus près de Dieu. Ça fait pousser des ailes, paraît-il. On parcourt avec dignité les voies impénétrables.

— Vous êtes donc devenu un ange sans états d'âme.

— Jolie métaphore ! s'extasia le mitterrandolâtre.

— Comment ça se passe ? Vous disposez des mêmes attributions, des mêmes champs d'action qu'à l'époque du Quai d'Orsay ?

— Évidemment. La présidence de la République française a bel et bien le droit de consulter les dossiers les plus importants, de donner et d'imposer, du point de vue de la politique extérieure, son avis sur quelques points et affaires précises. La Constitution l'autorise. D'ailleurs, les affaires étrangères et la défense nationale relèvent des compétences du Chef de l'État. Il vaut mieux exploiter à fond ces domaines réservés, surtout en période de dualité politique.

Les boissons et les verres enfin prêts, le conseiller du premier magistrat de France servit à boire à son hôte. Confortablement installé en face de son interlocuteur, François-Xavier Maccioci leva son verre.

— Buvons à notre nouvelle collaboration ! lança-t-il.

— Ainsi soit-il, reprit Cicéron.

Cicéron Boku Ngoi, bien que n'étant pas au courant de la portée réelle de sa prochaine mission, leva à son tour le verre pour accompagner le geste de monsieur Maccioci. Deux joyeux drilles, eût-on cru ! Il fallait bien se mettre dans le bain, l'alcool ne pouvant que délier les langues.

– Buvons, buvons, buvons ! poursuivirent-ils en chœur, les contenants levés vers le plafond.

Les deux hommes étaient vraisemblablement en phase. Ils s'étaient reconnus. Ainsi travaillaient-ils pour la même cause, peu importait la manière de procéder et la foi dans la réalisation. Seul l'ouvrage à consolider comptait davantage. Ils pouvaient donc commencer à parlementer, peut-être en vue du perfectionnement et du bienfait de l'Humanité. Le diplomate de carrière apprit au visiteur que la France avait à nouveau besoin, comme dans un passé récent, de ses services. Le conseiller du président Mitterrand adopta tout à coup cette mine sérieuse, caractérisant généralement la plupart des bâtisseurs très soucieux du rayonnement culturel. Un très vaste programme !

– J'ai été personnellement très satisfait, mes supérieurs aussi, de vos prestations lors des deux précédentes missions en République du Zaïre[9].

– De quoi s'agit-il, cette fois-ci ? se renseigna l'hôte.

– D'une descente à Kigali.

– Au pays des mille collines ?

– Effectivement, Commandeur.

– Pour quoi faire ?

– Vous connaissant, je peux affirmer que vous n'êtes pas indifférent à la tragique situation que traverse ce pays.

– Comme la majorité des humanistes, je suis sensible aux massacres qui provoquent des milliers de morts au Rwanda. C'est vraiment horrible ! Et si on ne fait pas attention, la République du Zaïre risque,

____

[9] Lire *Dans l'œil du léopard* et *La chasse au léopard*.

à moyen terme, d'être déstabilisée pendant au moins une bonne quinzaine d'années. Malheureusement, ainsi va la vie. Quel est le rôle de la France, dans tout cet *imbroglio* ?

– Je n'hésiterai pas une fraction de seconde à vous parler avec sincérité, compte tenu de votre discrétion et de nos rapports qui sont tout à fait cordiaux. De cette franchise découlera, j'en suis convaincu, la réussite de votre mission. Il est souhaitable que, pour ne pas partir sur de fausses bases, vous soyez au courant de tout dès le départ.

– Je vous écoute, monsieur le conseiller, tout en espérant que les donneurs d'ordre ne se dégonfleront pas en toute dernière minute.

– Il ne faut pas m'en vouloir, Commandeur. Ce qui se passe en ce moment au Rwanda justifie d'ailleurs l'interruption brutale de la chasse au léopard.

Dans la foulée, le conseiller Maccioci se justifia. Ensuite, il expliqua à l'investigateur que, d'après des sources sûres, émanant des services secrets belges et américains, quelques militaires français auraient été à l'origine de l'assassinat des présidents rwandais et burundais. Ces deux officines sont formelles sur l'attaque de l'avion de Juvénal Habyarimana.

– Ces informations sont-elles réellement fondées ? voulut savoir le détective. Il peut très bien s'agir de l'intox.

– Pour l'instant, je suis incapable de répondre à votre question. Mais une chose est certaine.

– Quoi donc ?

– L'avion du président Juvénal Habyarimana a été abattu par un missile. Or, me semble-t-il, les militaires des FAR[10] ne savent pas manier cette arme.

– Ça laisse supposer l'hypothèse selon laquelle des Européens ont descendu l'avion présidentiel et non les rebelles du FPR, ni les éléments des FAR.

– En effet. Cette possibilité renforce considérablement les

---

[10] Forces armées rwandaises.

allégations de nos alliés américains et belges.

– Qu'est-ce qu'il faut entreprendre pour clarifier le mystère qui entoure ce crime ?

– Seules les « boîtes noires » nous apprendront tout sur le crash. Il va falloir mettre la main dessus. Tel est l'objectif de votre séjour au Rwanda.

– Avez-vous des précisions, s'il vous plaît, sur l'endroit où l'accident a eu lieu ?

– Une fois à Kigali, notre ambassadeur vous apprendra chaque détail des faits. Ce sera préférable que vous en parliez avec lui sur place.

Le conseiller du président de la République française, le fervent disciple du boiteux le plus génial de France, voulut donc savoir si le Commandeur se sentait d'attaque. Était-il disposé à mener à terme cette embarrassante mission ?

– Elle n'est pas si différente de celles que j'ai accomplies jusqu'à présent, précisa le Parisien d'adoption.

– Je savais que mon pays pouvait compter sur votre bravoure. J'en étais persuadé. La France vous sera très reconnaissante.

– J'aurais besoin, comme lors des précédentes missions, d'un passeport français.

– J'ai sérieusement réfléchi à la question. C'est très dangereux de vous rendre au Rwanda, dans pareilles circonstances, muni d'un document délivré par l'administration française. Après ce qui vient de se produire ces derniers temps, les Rwandais ont développé une haine viscérale des Français et des Belges.

– C'est aussi dangereux de circuler sur le sol rwandais, en tant que citoyen zaïrois, la République du Zaïre étant l'alliée inébranlable du régime du président Habyarimana. De toute évidence, j'aurai besoin de ce titre de voyage pour le territoire zaïrois. Je suppose que l'aéroport de Kigali est fermé.

– Depuis l'attentat contre l'avion présidentiel, aucun autre appareil n'a jusqu'à nouvel ordre le droit de décoller, ni n'atterrir à l'aéroport Grégoire Kayibanda.

– Ça conforte mon raisonnement.

– À savoir ?

– On ne peut donc se rendre au Rwanda qu'en passant par un pays limitrophe. La République du Zaïre me paraît la meilleure solution, c'est-à-dire l'itinéraire le plus sûr.

– N'avez-vous pas peur des poursuites pour enlèvement d'un officier de la DSP[11] ?

– Il n'existe aucune preuve sérieuse contre moi. Il n'y a rien à craindre, d'autant plus que le président Mobutu a plus que jamais besoin de la France.

– Je voulais en être certain. Je vous ferai parvenir le passeport, dans ce cas, cet après-midi à votre cabinet.

– Si ce n'est pas impossible, pensez aussi à contacter dans un délai le plus bref possible, notre très cher ami Mupenzi Mutoto wa Weto.

– Le bonhomme que j'ai placé dans l'un des services de la DST[12] ?

– Exact. Le vice-consul.

– Je passerai la consigne pour qu'on lui communique vos coordonnées avant ce soir.

– Merci d'avance ! Surtout, monsieur le conseiller, n'oubliez pas de lui dire de me contacter à tout prix aujourd'hui. Même tard. C'est important.

– D'accord. Je sais que cette affaire est très urgente. En attendant, il faut que je vous montre quelques photos.

Le très éminent François-Xavier Maccioci abandonna provisoirement son fauteuil. Il se dirigea vers un meuble dont il tira l'un des tiroirs. Ainsi extirpa-t-il une enveloppe kraft grand format. De nou-

---

[11] Division spéciale présidentielle, la garde prétorienne du maréchal Mobutu Sese Seko.

[12] Direction de la surveillance du territoire. Le 1er juillet 2008, la DST a fusionné avec la Direction centrale des renseignements généraux au sein d'une nouvelle structure ayant pris le nom de Direction centrale du renseignement intérieur (DCRI).

veau assis en face de l'investigateur, le conseiller spécial du président de la République française la posa sur la table et en sortit au moins cinq photographies en couleur, montrant un même individu sous des angles différents. Il passa la première image à Cicéron Boku Ngoi. Ce dernier se concentra quelques instants sur le visage émacié de la personne qui y figurait.

– Qui est cet homme ? se renseigna le détective.

– C'est le général Paul Kagamé, le commandant militaire du FPR. C'est probablement le futur homme fort du Rwanda. Élevé en Ouganda, de formation marxiste, il était le chef des services secrets de ce pays et le proche conseiller du cynique et malicieux président ougandais Yoweri Kaguta Museveni. Vous risquerez de le croiser, ou plutôt ses hommes, lors de votre séjour à Kigali.

– Avant de poursuivre le portrait et la courte biographie de cet officier, j'ai quand même une question à vous poser.

– Allez-y, Commandeur.

– Ne pensez-vous pas que, franchement, les Africains doivent résoudre eux-mêmes leurs problèmes ?

– Dites-vous bien que nous avons raisonné comme vous. Il nous a semblé qu'il revenait en effet aux Africains d'initier des négociations pour mettre un terme à la guerre qui se profile au Rwanda, voire dans la région des Grands Lacs. Mais l'OUA[13], jusqu'à ce jour, n'a donné aucune suite à nos sollicitations. Quant aux Nations Unies, même en ayant manifesté leur accord, elles ont du mal à constituer un contingent militaire. C'est dans ces conditions que la France a l'intention de secourir les populations civiles.

– Avez-vous évalué les probables conséquences que pourrait engendrer une intervention directe de l'armée française sur le sol rwandais ?

– Plus ou moins. Si l'objectif consiste à sauver le maximum de vies humaines, peu importent les ethnies et les tribus, la France assumera sa responsabilité en pensant à la manière dont il faudra gérer

---

[13] L'Organisation de l'unité africaine, l'actuelle Union africaine.

les actions appropriées. Notre pays est prêt à voler au secours des dizaines de milliers de pauvres gens, au-delà des risques qu'il pourra prendre dans ce genre d'opération.

– Vous pouvez poursuivre la description du présumable futur homme fort de Kigali, s'il vous plaît ! Je n'ai plus d'autres questions, pour l'instant.

– Où en étais-je déjà ? Ah, oui ! Ça me revient. Marié et père de deux enfants, Paul Kagamé est âgé de trente-sept ans. Mesurant 1,90 m, la maigreur de son corps est dissimulée par une vareuse de combat tandis que ses pieds sont chaussés de pataugas. Le général porte de petites lunettes qui lui donnent l'air d'un intellectuel. Même s'il comprend très bien le français, il accorde ses interviews seulement en anglais.

– Est-ce une manière, pour ce francophone de naissance, de manifester sa haine envers la France ?

– J'apprécie votre clairvoyance, Commandeur.

– C'est donc un vrai cynique.

– Il a en tout cas la réputation d'être un homme sec, sans charme et sans humour. Il s'agit d'un militaire intransigeant et peu enclin au dialogue.

– Nous avons déjà osé traquer un léopard, plaisanta le patron du *Ndanda Holding International*. Alors, une girafe ? C'est moins dangereux.

– Il est des moments où une girafe effarouchée est plus redoutable qu'un vieux panthériné aux abois.

Le conseiller François-Xavier Maccioci passa à Cicéron Boku Ngoi une deuxième photographie représentant le général du Front patriotique rwandais. Le détective réalisa la détermination de cet officier, à travers son regard inexpressif.

– Selon ses propres propos, poursuivit le conseiller du président de la République française, le général Kagamé ne souhaiterait en aucun cas devenir une personnalité publique. Après la guerre, il resterait au service du FPR si on le lui demandait. Sinon, il pourrait très bien redevenir un civil ordinaire, en s'effaçant de la scène politique.

– Balivernes ! Ils tiennent tous le même discours, quand ils n'ont pas encore le pouvoir. Cet homme sera le président de la République rwandaise, et pour très longtemps, après avoir agi dans l'ombre et fait exécuter tous les hommes de paille placés non sans arrière-pensée au pouvoir. Il va commencer par mettre un individu non charismatique à la présidence, de préférence un Hutu soi-disant modéré, dans le but de calmer le jeu. Ensuite, il s'octroiera un ministère à portefeuille relatif à la Défense. Une fois ses sbires bien implantés dans les différents rouages étatiques, il fomentera en douce un coup d'État institutionnel.

– Par malheur, ce schéma est très probable. Pourtant rien, dans son personnage, ne laisse entrevoir le guerrier, ni l'individu qui, en 1979, avait rejoint le maquis d'Ouganda, d'où Yoweri Museveni, encore rebelle à cette époque, avait lancé ses premières offensives contre les régimes du président Milton Oboté, ensuite du dictateur Idi Amin Dada Oumee.

L'investigateur jeta une fois de plus un coup d'œil sur la photographie qu'il tenait à la main. D'une maigreur impressionnante, le général Paul Kagamé avait de longues mains fines. Son visage était orné de petites lunettes dorées, qui rappelaient le jeune Lev Davidovitch Bronstein[14] – version bronzée, évidemment. Cette apparence d'un gars inoffensif était sans conteste trompeuse.

– Ce général n'est pas du tout un intellectuel, commenta le conseiller Maccioci après avoir bu une gorgée de whisky et essuyé précieusement ses lèvres à l'aide d'un mouchoir de couleur rouge.

– C'est pourtant la première impression qu'on a, lorsqu'on regarde cette photo.

– Cet homme s'est construit au contact des événements qui ont forgé son pragmatisme. Après l'école, il a rejoint immédiatement la

---

[14] Connu sous le nom de Léon Trotski.

NRA[15], l'armée de Yoweri Kaguta Museveni, et a consacré les meilleures années de son existence à l'apprentissage militaire. Il a consolidé les fondements de son action dans le bush. Selon ses propres déclarations, la guerre lui a appris à distinguer le bien du mal. Il y a gagné de la confiance en apprenant à réagir vite. Mais, surtout, il s'est découvert une haine profonde pour l'injustice.

– Quel pedigree !

– Étranger parmi les éléments de l'armée des mercenaires ougandais, il est devenu officier de renseignements avec le grade de major. Le général Paul Kagamé est par ailleurs très marqué par l'émigration de sa famille, comme la plupart des réfugiés rwandais.

– Pouvez-vous me parler brièvement de cet exode ? Ça me permettra de cerner davantage la personnalité de ce militaire très rancunier, qui ne cesse de donner du fil à retordre aux services français de renseignements.

– Bien sûr. En 1959, la « révolution sociale » avait chassé les colons belges du Rwanda. Une première vague de massacres dirigés contre les Tutsis avait fini par forcer sa famille à prendre la fuite, en ayant abandonné ses biens à Gitarama où est né le général rebelle.

– Je commence à saisir, en quelque sorte, les causes de sa motivation première.

– Ce binoclard de Paul Kagamé prétend avoir préféré prendre le maquis, et non vivre dans le luxe en Ouganda. D'après ses dires, il a souhaité rétablir les droits de son peuple confisqués par la force. Il a privilégié, paraît-il, la courageuse option de combattre une dictature injuste.

– Quand il parle de rétablir les droits de son peuple, fait-il allusion au seul peuple tutsi ou aux populations rwandaises dans toute leur globalité ?

– Il est évident que sa préoccupation ne concerne pas les populations twas et hutues. Bref, aux côtés de Yoweri Kaguta Museveni, il a lu le marxiste Che Guevara, le grand timonier Mao Tsé-Tung et

---

[15] National resistance army.

d'autres auteurs d'ouvrages de stratégie. En 1988, il a suivi durant quatre mois les cours de Fort Leavenworth, au Kansas. Il aurait également entrepris un stage en Libye du colonel Kadhafi. Après avoir commencé comme adjoint du major-général Fred Rwigyema, lors de la première offensive du Front patriotique rwandais contre le Rwanda en 1990, il a pris le commandement à la suite de la mort du commandant en chef sur le champ de bataille.

– Ce premier scénario préfigurait déjà le mode d'ascension, au sommet de l'État rwandais, de ce général qui ne m'inspire pas du tout confiance.

– Il me semble aussi que c'est ce qui se dessine.

– Je me rappelle très bien que, en 1990, le FPR avait été mis en déroute par les FAZ[16]. Les militaires zaïrois avaient volé au secours de l'armée rwandaise à la demande expresse du président Juvénal Habyarimana.

– Tout à fait, approuva le conseiller Maccioci.

– L'armée zaïroise était sous le commandement du général Mahele Lieko Bokungu, en l'occurrence Donatien, l'ancien gamin de la zone[17] populaire de Ngiri-Ngiri que les Kinois avaient surnommé le « tigre ».

– Une chose est certaine, Paul Kagamé n'a aucune sympathie pour les ex-colons qui sont à l'origine, d'après lui, du désastre que connaissent aujourd'hui le Rwanda, en particulier, et le continent africain en général.

– C'est trop facile d'accuser les colonisateurs.

– Vous prêchez un convaincu. En tout cas, force est de constater que cet officier ne supporte plus l'expression de *guerre tribale*.

– Nous avons affaire à un homme très complexé, à un malade mental qui s'ignore. C'est un potentiel dictateur.

– Pour lui, cette expression est une trouvaille venue de l'extérieur. Elle n'est pas inhérente aux seuls Rwandais. Il s'imagine que la

---

[16] Forces armées zaïroises.
[17] Commune ou arrondissement.

France tente de mettre, directement ou indirectement, tous les obstacles possibles pour empêcher la victoire imminente du FPR.

– D'après votre brillant exposé, ce militaire est intrépide.

– Il est le contraire d'un bon nombre de généraux de pacotille qui pullulent dans beaucoup de pays d'Afrique. Maintenant, vous savez presque tout sur cet homme, qui plus est le protégé du Bismarck des Grands Lacs.

– Du fils de Kaguta ?

– En effet. Je vous conseillerai d'éviter de provoquer les rebelles du FPR, pendant votre séjour à Kigali. Votre mission au Rwanda ne consistera qu'à retrouver les « boîtes noires ». Faites-vous le plus discret possible.

Cicéron Boku Ngoi tint à tout prix à savoir si personne d'autre n'était au courant de sa mission, quand bien même l'investigateur supposait que, hormis les éminences grises du Palais de l'Élysée, les conseillers d'autres structures gouvernementales voulaient bien mettre la main sur ces fameuses boîtes avant tout le monde.

– Après l'attentat contre l'avion du général Juvénal Habyarimana, embraya le conseiller Maccioci, la responsabilité de l'acte qui a provoqué les massacres de plusieurs centaines de milliers de citoyens rwandais demeure inconnue. Jusqu'à présent, aucune investigation n'a été sérieusement menée sur le terrain. Votre mission reste donc discrète, c'est-à-dire non officielle.

– Malgré la mort des trois Français de l'équipage, Paris n'a même pas pensé à venger leur assassinat ? Votre gouvernement n'a pas non plus chargé un juge d'instruction dans le but d'éclaircir les circonstances d'une action terroriste ?

– Paris n'est pas du tout animé par la vengeance, s'agissant de la mort du pilote, du copilote et du mécanicien de l'appareil abattu à Kigali. Seule la veuve du président rwandais, Agathe Habyarimana, qui s'est réfugiée en France comme vous le savez, poursuit des recherches très orientées.

La veuve du président Juvénal Habyarimana était assez naïve pour croire que le gouvernement français allait lui accorder le statut de réfugiée politique, tant que la clique soldatesque composée de Paul Kagamé et ses affidés occuperait ne serait-ce qu'une portion du territoire rwandais. En tout cas, la chasse à l'homme était ouverte au Rwanda pendant que les rebelles du Front Patriotique Rwandais progressaient vers Kigali. Face à une telle menace, un bon nombre de dignitaires du régime en place étaient exfiltrés vers l'Europe par les forces armées des pays occidentaux et les contingents onusiens présents dans cette partie de l'Afrique. Ainsi la Belgique et la France leur permirent-elles de s'expatrier en toute sécurité. D'autres notables avaient pris la route en direction de la République du Zaïre, le seul pays des Grands Lacs qui pouvait, à la demande expresse de la France, les accueillir à bras ouverts.

– L'épouse du président assassiné remue ciel et terre, poursuivit le conseiller du président de la République française. Elle agit donc pour que la vérité puisse triompher. Mais quelle vérité, Commandeur ?

– Je préfère cette nuance.

– L'ancienne première dame du Rwanda est aidée dans sa tâche par un ancien agent de la cellule antiterroriste de l'Élysée, le capitaine Paul Barril, et un ténor du barreau parisien, maître Jacques Vergès.

– Deux francs-tireurs du *village franco-africain*.

– Oui, si l'on veut.

– La situation paraît complexe. Si j'ai bien compris, les différents protagonistes du drame rwandais, à savoir les héritiers politiques de l'ancien régime, les rebelles du FPR, les Nations Unies et la France, n'ont aucun intérêt à reconstituer le crime.

– Exactement, Commandeur. Pour parvenir à banaliser l'attentat qui a occasionné la mort des deux présidents de la République et provoqué un génocide, voire à calmer tacitement le jeu, il serait préférable que personne n'apprenne une quelconque vérité.

– C'est évident.

– On a affaire à des connaisseurs. Ils savent que les « boîtes noires » risquent de tout révéler. Voilà pourquoi vous devez coûte que coûte les retrouver, avant les autres protagonistes et antagonistes.

– Bref, dans cette histoire, selon le contexte de l'attentat, la négligence coupable des uns et la logique assassine des autres ont favorisé l'hécatombe.

– C'est triste, mais c'est la stricte réalité.

– J'accepte de me rendre au pays des mille collines, monsieur le conseiller. Compte tenu du danger imminent de cette accablante mission, j'évalue mes honoraires à trois millions de francs français[18]. La moitié est payable maintenant, le reste à la fin des opérations.

– À mon avis, vous pourrez obtenir toute cette somme dès demain matin.

– Dans ce cas, je partirai pour l'Afrique centrale, plus précisément dans la région des Grands Lacs, dès que je serai en possession de l'argent et d'un passeport français. Par rapport aux circonstances, monsieur le conseiller, il vaut mieux que je sois rémunéré à temps.

– Je suis de votre avis. Je m'en occuperai tout à l'heure, Commandeur.

---

[18] À peu près 457 347,05 euros.

CHAPITRE IV

De retour à son cabinet parisien, dont les luxueux locaux étaient situés sur la splendide avenue des Champs-Élysées, non loin de l'Arc de Triomphe, Cicéron Boku Ngoi immobilisa quelques instants son corps athlétique dans la pièce tenant lieu de secrétariat.

– Comment allez-vous, chère Emmanuelle ?

– À merveille, monsieur Boku Ngoi ! répondit avec cordialité la secrétaire particulière, Emmanuelle Renaudat de Mazargues, rendant davantage charmeur l'agréable accent provençal popularisé par Marcel Pagnol, par le truchement de l'acteur Fernand-Joseph-Désiré Contandin, dit Fernandel, et valorisé par le méditerranéen élu de la ville de Marseille en la personne du très expressif Jean-Claude Godin.

– C'est parfait !

La très charmante secrétaire particulière au tempérament typiquement phocéen se dévoila davantage. Elle mit sans tarder le patron du *Ndanda Holding International* au courant des nouvelles de la journée.

– Vous êtes très demandé, ces temps-ci. Il y a eu un appel pour vous.

– De la part de qui ?

– Attendez, il faut que je regarde mes notes. C'est un nom qui n'est pas facile à prononcer. Oui, ça y est. C'est un certain Mupenzi Mutoto wa Weto.

La secrétaire prononça ce patronyme à la française. Pourtant, depuis le temps qu'elle déclinait le nom de son patron, Emmanuelle Renaudat de Mazargues aurait dû savoir que, dans l'ancienne colonie belge, la lettre « u » a toujours correspondu au son « ou ».

– Monsieur le vice-consul ? se renseigna le spécialiste en investigation.

– Je ne sais pas ce que cette personne fait dans la vie. Ce monsieur n'a pas du tout fait allusion à sa profession, au cours de l'échange que nous avons eu.

– Qu'a-t-il dit ?

– Il a seulement laissé un numéro de téléphone, auquel vous pouvez le joindre à n'importe quel moment.

– C'est excellent !

– Vous le connaissez ?

– Le vice-consul ?

– Je ne sais pas qui il est.

– C'est un ami d'enfance. J'attendais avec impatience son coup de fil. À l'avenir, il faudra le traiter avec tout le respect dû à un diplomate. Mupenzi Mutoto wa Weto est un très grand bonhomme.

– Je tâcherai, la prochaine fois, d'avoir à l'esprit cette particularité.

Après avoir quitté le secrétariat, le détective s'enferma dans son bureau où il composa sans tarder le numéro de son compatriote zaïrois. Ce voyou au demeurant fort sympathique, en l'occurrence le vice-consul, était majoritairement considéré par les magouilleurs comme le représentant à Paris de toutes les nations dans la mesure où il pouvait délivrer le visa – un faux, évidemment – de n'importe quel pays.

– Allô ! répondit sans tarder une voix masculine à l'autre bout de l'appareil.

– J'aimerais parler, s'il vous plaît, au citoyen[19] Mupenzi Mutoto wa Weto !

– De la part de qui ?

– De son ami Cicéron Boku Ngoi.

– Ne quittez pas, je vous le passe tout de suite.

Quelques secondes plus tard, les cordes vocales du vice-consul teintées d'une joie naturelle, à l'accent tout à fait kinois, firent vibrer de bonheur les tympans du Commandeur. On sentait que le contractuel de la Direction de la surveillance du territoire était très heureux de vivre.

– Bonjour, le duc de la Lukaya[20] !

– Salut, monsieur le vice-consul ! Ça me fait très plaisir de vous entendre.

– Ce sentiment est largement partagé. Qu'est-ce que t'es devenu ?

– La même personne depuis que nous nous sommes vus la dernière fois devant la maison d'arrêt de Fresnes, mon cher Mupenzi.

– Je profite de ton précieux appel pour te remercier, vieux frère, à propos de mon job. Je reconnais que j'aurais dû le faire plus tôt.

– Vous n'êtes pas obligé de me remercier.

– Oh que si ! Franchement, je m'éclate ici. Je fais des faux documents sans être dans l'illégalité. Tu te rends compte, monsieur le détective ?

– Tant mieux, la loi n'est dans certaines circonstances faite que pour les autres. Il faut seulement la connaître pour mieux la contourner.

---

[19] Sous le régime de l'authenticité, les Zaïrois étaient des citoyens et non des messieurs tandis que les Zaïroises des citoyennes.

[20] District qui est de nos jours situé dans la province du Bas-Congo ou Kongo central, l'ancien Bas-Zaïre, en République Démocratique du Congo.

– C'est le monde à l'envers.

– Le tout, c'est de ne pas se faire prendre.

– C'est vrai, ce que tu dis. Qu'est-ce que je peux faire pour toi, *duki*[21] ?

– J'ai besoin en urgence de deux visas. L'un pour le Zaïre, tandis que l'autre pour le Rwanda.

– Tu m'étonneras toujours. Qu'est-ce que le duc de la Lukaya va faire au Rwanda, surtout à une période où les choses vont très mal dans ce pays ?

– C'est pour du travail, monsieur le vice-consul. C'est pendant la guerre que certaines personnes réalisent des affaires faramineuses.

– Et la morale, dans tout ça ?

– Est-ce l'hôpital qui se moque de la charité ?

– Je blague. Tu sais quoi ?

– Non.

– J'ai consulté ton dossier dans nos archives. Putain ! T'as une très bonne cote à la DST.

Mupenzi Mutoto wa Weto apprit à Cicéron Boku Ngoi la note qui lui était attribuée par les services secrets français. Le détective valait quatre étoiles. C'était une notation à faire pâlir les plus performants des agents de la CIA.

– T'es un as de l'investigation, mon cher compatriote ! Quand on détient quatre étoiles, on est spécialiste en situations désespérées. Vous n'êtes pas nombreux à atteindre ce niveau. Pour le visa, fais-moi parvenir ton passeport.

– Il est question de deux titres de voyage. Sur le document français, vous m'octroyez un visa zaïrois et sur le document zaïrois un visa rwandais.

– Pas de problème, monsieur le duc.

– Quand pourrais-je les obtenir ?

---

[21] Duc, en kikongo – langue parlée par les Bakongo, qui sont localisés dans la partie occidentale du pays et dans la ville de Kinshasa, où ils sont majoritaires.

– Si j'ai tes passeports aujourd'hui avant dix-huit heures, tu seras livré dès demain matin.

– Dès que je suis en possession de mon passeport français, je vous envoie un coursier. À quelle heure finissez-vous votre travail ?

– Je n'ai pas d'heure précise. Ça dépend des dossiers que j'ai à traiter dans la journée. Je suis au bureau, aujourd'hui, jusqu'à dix-neuf heures.

– Je vous rappelle dans deux ou trois heures.

– D'accord, d'accord monsieur le duc. On fait comme ça.

Le marché venait d'être verbalement conclu. Il suffisait d'un simple coup de fil pour régler un problème qui aurait pris plus d'une semaine, et encore, dans une ambassade d'un pays en voie de développement. Il ne restait plus que, pour le patron du *Ndanda Holding International*, à penser aux bagages. Il devait également vérifier les formalités, s'agissant du séjour au Rwanda, à propos des vaccins. En tout cas, le combiné téléphonique à peine raccroché, la sonnerie se manifesta derechef. L'investigateur décrocha, sans attendre une énième communication sonore. Une sollicitation interne, apprit-il.

– C'est Emmanuelle à l'appareil.

– Je vous écoute.

– Un motard vient de déposer une enveloppe ultra-confidentielle pour vous, en provenance du Palais de l'Élysée.

– Soyez un amour, apportez-la-moi tout de suite.

Quelques instants plus tard, la jolie blonde pénétra dans le bureau patronal, une enveloppe blanche à la main. Cicéron Boku Ngoi la décacheta et découvrit un document de couleur rouge. Un mot l'accompagnait.

« *Veuillez passer demain, en fin de matinée, pour votre rémunération. Mes supérieurs sont d'accord pour la somme convenue, payable en une seule tranche.* »

Cicéron Boku Ngoi se frotta les mains, gratifiant sa jolie secrétaire particulière d'un sourire enjôleur. « *Pourvu que ça dure* », aurait souhaité quelqu'un.

– Veuillez contacter monsieur François-Xavier Maccioci à ce numéro, lança-t-il à l'égard d'Emmanuelle Renaudat de Mazargues tout en lui tendant une carte de visite portant l'inscription *Présidence de la République* et arborant le drapeau multicolore. Apprenez-lui que j'ai reçu le paquet et lui rendrai visite demain à son lieu de travail.

– Le conseiller Maccioci travaille maintenant à l'Élysée ?

– Depuis les dernières élections législatives.

– Une très belle promotion !

Resté seul dans la pièce qui lui servait de bureau, Cicéron Boku Ngoi composa de nouveau le numéro du département où travaillait Mupenzi Mutoto wa Weto. Une fois le vice-consul au bout du fil, il le tint au courant de la récupération du passeport français. Le détective confirma, par la même occasion, qu'un émissaire lui apporterait les documents appropriés dans les minutes qui suivraient.

– C'est parfait, monsieur le duc. Tu vas les avoir demain matin. Je te les fais parvenir à ton bureau vers onze heures. Sauf si…

– Ça me va très bien. Je serai dans nos locaux à partir de dix heures.

– Génial ! À demain, *duki*.

*
* *

Comme convenu, à l'heure précise, Cicéron Boku Ngoi se présenta au Palais de l'Élysée. Il s'était pointé en fin de matinée du lendemain au bureau élyséen qu'occupait le conseiller spécial du président de la République française, l'africaniste François-Xavier Maccioci. Une heure plus tôt, l'investigateur avait pris possession du paquet que le vice-consul lui avait fait parvenir par le truchement d'un livreur. Aussitôt le seuil de la porte franchi, le sherpa du président Mitterrand le salua chaleureusement et lui désigna le fauteuil.

– J'ai reçu le passeport.

– Votre secrétaire m'a annoncé la nouvelle.

– Je suis aussi en possession des visas zaïrois et rwandais depuis soixante minutes.

– Excellent !

– Si tout se passe comme il faut, je foulerai le sol zaïrois dans la matinée de demain.

– Vous êtes très bien organisé, Commandeur.

– C'est une question de réseau.

– En attendant, j'ai quelque chose d'absolument intéressant pour vous. Commençons par l'essentiel.

Monsieur François-Xavier Maccioci fit un saut dans la pièce voisine, puis il réintégra son bureau, un attaché-case à la main. À peine la mallette posée sur la table basse qui trônait dans l'emplacement exclusivement réservé aux commodités de la conversation, il l'ouvrit. La vue des billets de banque soigneusement rangés suscita de manière spontanée une réaction positive sur le visage du détective, lequel afficha un sourire très intéressé.

– Vous pouvez vérifier, dit le sherpa.

– Est-ce utile ? Je commence à vous faire confiance, monsieur le conseiller.

– Recourez quand même à la vérification. Les payeurs ont peut-être commis involontairement une erreur. Il est plus prudent de s'y conformer.

– Comme vous insistez, je ne peux que m'exécuter.

– Il vaut mieux.

– Je me mets à l'ouvrage !

– C'est surtout pour votre intérêt.

– Vous avez raison.

– Je vous sers à boire, pendant que vous vous adonnez au jonglage des chiffres ?

– Pourquoi pas.

– Vous prendrez un Pineau des Charentais, me semble-t-il, comme hier ?

– Le porto, par rapport aux autres breuvages, me renouera beaucoup plus facilement avec quelques notions de calcul perdues depuis bien longtemps.

Le diplomate s'orienta en riant vers le bar, où il s'occupa des boissons. Ensuite, il revint avec deux verres. Après avoir passé à Cicéron Boku Ngoi celui qui contenait le porto, il lui adressa la parole.

– Je consulte quelques dossiers pendant que vous comptez l'argent, Commandeur. Ça ne pose aucun problème, apparemment, que je mette ce temps à profit.

– Pas du tout, monsieur le conseiller.

– Ça roule !

Une demi-heure plus tard, après vérification, le patron du *Ndanda Holding International* constata la normalité des choses. Les agents de l'Élysée ne s'étaient pas trompés, car le compte était bon. Cicéron Boku Ngoi ferma avec une ivresse raisonnable l'attaché-case.

– Aucune erreur n'a été commise, monsieur le conseiller. Il y a ce qu'il faut.

– Pourriez-vous signer ce reçu ?

– Évidemment.

– Juste une simple formalité.

Cicéron Boku Ngoi se plia au souhait de son interlocuteur. Il laissa avec précision la marque de sa signature sur le reçu et le rendit au diplomate.

– Parfait ! s'exclama le conseiller Maccioci. Maintenant, tout est en règle.

– Impossible n'est pas français, lança avec ironie l'investigateur qui maîtrisait l'art de la triangulation. Il ne me reste plus qu'à parcourir les collines rwandaises, à nager avec les crocodiles dans les eaux profondes des Grands Lacs sans me faire bouffer.

– Il me semble que vous avez l'habitude de ce genre d'activité. Je tiendrai, dans le meilleur délai, notre ambassadeur à Kinshasa au courant de votre arrivée. Ce dernier se mettra en contact avec son homologue qui est basé à Kigali.

Monsieur François-Xavier Maccioci sortit un classeur jaune de l'un des tiroirs de la table, derrière laquelle il était assis, et le confia à son interlocuteur.

– Cette chemise contient les adresses utiles, tant en République du Zaïre qu'au Rwanda. En cas de pépins, n'hésitez surtout pas à joindre de ma part les personnes dont les noms figurent sur ces différentes listes.

– Je le garderai précieusement. Mais j'ose espérer que je n'aurai pas l'opportunité de m'en servir.

– C'est également mon vœu le plus cher.

– Nous émettons sur la même longueur d'onde.

– Ça me rassure !

Le conseiller spécial du président de la République française quitta le fauteuil, Cicéron Boku Ngoi l'imita. La main de l'investigateur serrée avec passion et gentillesse en guise d'au revoir, monsieur François-Xavier Maccioci lui souhaita bonne chance. Le détective en aurait besoin, tant était incertaine l'issue de la tâche que l'on venait de lui confier.

Cicéron Boku Ngoi mobilisa la voiture de marque allemande, une BMW de couleur blanche, laquelle était garée à proximité du Palais de l'Élysée. Tout en roulant à la vitesse légale, sa pensée échoua dans l'univers mafieux de Mupenzi Mutoto wa Weto. Le conducteur apprécia la rapidité avec laquelle le vice-consul avait apposé les visas d'entrée sur les deux passeports en sa possession. Se rappelant avoir vu à maintes reprises son compatriote à l'œuvre, l'investigateur trouva cela moins surprenant. Meilleur faussaire que le natif de Kinshasa, on mourrait ! Le visa, c'était un jeu d'enfant pour ce ressortissant zaïrois qui travaillait désormais pour le compte des services secrets français, plus précisément pour la Direction de la surveillance du territoire.

Dès qu'il eut franchi le seuil de la porte du secrétariat du *Ndanda Holding International*, Emmanuelle Renaudat de Mazargues le salua.

– Bonjour, monsieur Boku Ngoi !

– Bonjour, Emmanuelle !

– Un courrier important pour vous. L'enveloppe porte en plus la mention « *personnel et confidentiel* ».

– Encore un pli confidentiel.

– C'est une lettre particulièrement privée.

L'investigateur décacheta avec précipitation l'enveloppe devant la secrétaire de charme, il aperçut un mot manuscrit de la part de la ravissante Anne-Charlotte de Boussy d'Essonne. L'amante, une dame de très haute société, avait accouché sur le papier quelques pensées douces à l'attention du bel homme avant de prendre l'avion pour Washington. Une fois dans son bureau, Cicéron Boku Ngoi caressa la couverture du passeport bleu décoré d'une tête de léopard entourée de quelques symboles dorés : une lance, un rameau et une pierre précieuse. Ce document avoisinait un titre de voyage de couleur rouge qui portait des inscriptions également dorées : *Communauté Européenne* ; *République Française*. Lorsqu'il aperçut de nouveau les visas zaïrois et rwandais apposés respectivement dans ces documents, l'investigateur afficha le sourire. Il était très satisfait du travail très bien fait. Il sollicita la secrétaire, qui s'amena sans tarder.

– Chère Emmanuelle, sache que je m'absenterai pendant quelques jours. Il faudra compter, si tout se passe bien, plus ou moins une semaine.

– Où serez-vous ?

– En Afrique centrale. Je vous contacterai souvent. Vous pouvez vous débrouiller seule, j'en suis convaincu. De toute façon, j'ai pleinement confiance en vous.

– N'ayez aucune crainte, la boutique sera bien gardée.

– Vous connaissez toutes les ficelles.

– Oh que oui !

– Contactez Mupenzi Mutoto wa Weto à la DST.

– Le vice-consul ?

– Oui.

– Un diplomate à la DST ?

– C'est une longue histoire… Faites-lui savoir que j'ai reçu le paquet. Profitez-en pour le remercier et lui demander ce que je lui dois.

– Entendu.

Bien calé dans son siège de patron du *Ndanda Holding International*, Cicéron Boku Ngoi était attelé à quelques tâches de moindre importance mais qu'il fallait accomplir avant de voyager. Il était en train de classer quelques bricoles, notamment la vieille paperasse qui traînait depuis un bon moment sur son bureau. On frappa à la porte. Le bruit reproduit à trois reprises le poussa à suspendre momentanément le rangement auquel il s'adonnait. La ravissante Emmanuelle Renaudat de Mazargues apparut dans l'embrasure de la porte. Mon

Dieu ! Beauté angélique !

– Je viens de joindre monsieur Mupenzi.

– C'est bien.

– Il m'a dit de vous apprendre que vous ne lui devez rien. Pas même un café.

– Pourquoi ?

– Il paraît que c'est un cadeau.

– C'est une agréable nouvelle. J'adore quand on me renvoie l'ascenseur. Pourriez-vous me réserver une place sur le premier vol en partance pour le Zaïre ?

– Quelle société aérienne souhaitez-vous prendre ?

– Contactez la *Sabena*. Actuellement, c'est la seule entreprise, me semble-t-il, qui dessert la République du Zaïre depuis Paris.

– Quand comptez-vous partir ?

– Le plus tôt possible.

– Quelle est la destination exacte ?

– Kinshasa.

– Dites-vous que c'est déjà fait. Je vous tiens au courant dans une dizaine de minutes.

– Super !

La créature de rêve quitta le bureau patronal, en exécutant une démarche d'une sensualité sans faille. De la pure provocation ! Son intuition féminine lui avait appris que le courrier qu'elle avait remis tout à l'heure, à Cicéron Boku Ngoi, provenait d'une maîtresse. La jalousie dans toute sa noblesse !

CHAPITRE V

Au moment où l'avion commençait à effectuer l'atterrissage, vers sept heures du matin, les passagers qui étaient assis vers les hublots aperçurent des militaires en faction un peu partout. L'aéroport international de N'Djili, héritage de la colonisation belge, était très bien surveillé par des bérets verts. Ces derniers faisaient partie du corps d'élite au service de la Division spéciale présidentielle. Ces militaires obéissaient aveuglément au seul maréchal Mobutu Sese Seko. Leur déploiement dans les parages de l'aéroport était très impressionnant. On aurait cru que les Forces armées zaïroises étaient en état d'alerte. Cette démonstration était-elle due au *syndrome rwandais*[22] ? La situation ne paraissait pas du tout, à première vue, rassurante. Il s'agissait d'un mauvais signe dans la mesure où les militaires, pendant toute la durée de l'opération consistant à sécuriser la ville de Kinshasa, pourraient s'autoriser quelques dérapages, voire quelques bavures. Plus grave encore, l'ordre leur était donné par le ploutocrate

---

[22] Allusion faite à l'attentat ayant été commis à Kigali, contre l'avion du président Juvénal Habyarimana. Ce dernier était à bord de l'appareil, lors du crash, en compagnie de son homologue burundais, Cyprien Ntaryamira, dont la présidence avait duré tout juste deux mois.

en *abacost*[23] de tirer sur tout individu paraissant suspect. En conséquence, la raison du plus fort étant toujours la meilleure, la suspicion serait formellement fondée sur la base de la seule appréciation et de l'humeur des anges gardiens du président-maréchal Mobutu Sese Seko. Cela leur conférerait un pouvoir considérable, donc très dissuasif et équivalant à celui dont disposait l'armée de *l'escadron de la mort*[24] sous le règne du Führer Adolf Jacob Hitler, sur n'importe quel citoyen indépendamment de son rang social.

Cicéron Boku Ngoi s'apprêtait à quitter le hall de l'aéroport, afin de se diriger vers le parking où l'attendait un ami d'enfance qui s'appelait Simbad Mpilantiemi. Deux militaires de la Division spéciale présidentielle, armés jusqu'aux dents, lui firent signe de s'arrêter. Le détective s'exécuta. Il ne fallait surtout pas les vexer. De plus, ils avaient la gâchette facile. Les deux soldats, la mine renfrognée, une fois près de l'enquêteur, l'observèrent comme s'ils avaient affaire à un opposant au régime du président-maréchal, plus précisément à un *tshisekediste*[25].

– Tu es de quel pays ? questionna avec arrogance l'un d'eux, le doigt astiquant déjà la gâchette.

Les militaires zaïrois, surtout les moins gradés, ne vouvoyaient que rarement les civils, voire jamais. Cette spécificité était souvent due à un niveau d'instruction peu élevé et à la mauvaise éducation

---

[23] Le ploutocrate en *abacost*, c'est le président-maréchal. Quant à l'*abacost*, il s'agit d'une contraction de « à bas le costume » introduite en 1972 par la politique de l'authenticité –l'objectif ayant consisté à affranchir les populations zaïroises de la culture coloniale. L'*abacost* était donc un costume masculin en tissu léger local ou étranger, tel que le wax hollandais, composé d'une veste à manches longues ou courtes, à col mao, porté sans chemise ni cravate. Dans les faits, l'abacost devint le symbole vestimentaire de la nomenklatura zaïroise. Son obligation disparut le 24 avril 1990 avec le retour du multipartisme.

[24] La Waffen SS.

[25] Partisan de l'Union pour la démocratie et le progrès social (UDPS), parti politique qui était présidé par l'éternel opposant Tshisekedi wa Mulumba. Cette structure était à l'époque non reconnue, dans un pays où seul le Mouvement populaire de la révolution (MPR), le Parti-État, était officiel.

qu'ils avaient reçue, pour la plus grande majorité d'entre eux, depuis leur tendre enfance.

– Je viens de Paris, répondit le détective.

– Tu n'es pas Zaïrois, toi.

– Vous êtes très fort. À quoi le voyez-vous ?

– À ton nœud papillon.

– Il me semble que nous ne sommes plus sous le régime de l'authenticité. J'ai cru comprendre que, sauf erreur de ma part, le président Joseph-Désiré Mobutu avait autorisé à son peuple le port de la cravate et d'autres tenues vestimentaires, ainsi que l'usage des prénoms chrétiens.

– Les opposants s'habillent comme les étrangers. On est des *mobutistes*. On est restés fidèles aux habitudes du guide.

– Bien entendu, les inconditionnels du *mobutisme* continuent de porter l'*abacost*. C'est d'ailleurs leur droit le plus absolu, mais pas au point de porter préjudice aux droits fondamentaux de tous les Zaïrois. Le président de la République n'a-t-il pas autorisé, il y a quatre ans de cela le multipartisme, expression démocratique par excellence ? Que laissez-vous sous-entendre ? La tenue vestimentaire assimile, désormais, les opposants zaïrois aux étrangers ?

– T'es un étranger qui soutient l'opposition, hein ? se mit en colère le militaire.

L'investigateur sentit la fausse menace dans l'air. C'était n'importe quoi. L'enquêteur n'était pas du tout un sympathisant d'une quelconque dissidence politique. Ces militaires le savaient. Ils allaient l'importuner seulement pour lui soutirer de l'argent, alors qu'ils connaissaient presque tous les partenaires et partisans des adversaires du régime *mobutiste*. Ainsi l'investigateur était-il contraint de trouver une astuce pour éviter le pire. Mais à quelle parade fallait-il recourir afin de déjouer les intentions pécuniaires de ces deux bérets verts ?

– Essayez de réfléchir un tout petit peu. Il me semble que, pour être opposant au régime du président-maréchal, il faut être un citoyen zaïrois.

– Oui, répondit le militaire.

– Je suis un étranger.

– Qu'est-ce qui le prouve ?

– Mes habits.

– Les étrangers et les opposants ont les mêmes vêtements.

– Je vous l'accorde. Mais un fait capital matérialise virtuellement mon appartenance, sur le plan administratif, à la citoyenneté française, affirma avec beaucoup de culot l'intrépide Cicéron.

– Mais ta peau est noire.

– Pour votre information, cher citoyen, les Français sont de toutes les couleurs. Ils font partie d'un peuple universel, donc multicolore.

– Je peux voir tes papiers ?

– Bien sûr.

L'enquêteur en provenance de France sortit le passeport d'usage, délivré circonstanciellement par une quelconque administration française, qu'il tendit au militaire de la Division spéciale présidentielle. Ce dernier se laissa emporter par le mécontentement, après l'avoir observé plusieurs secondes.

– T'es un mercenaire français !

– Montrez-vous digne de votre uniforme, citoyen.

– Je suis un gazier, moi ! dit-il grossièrement. Fais gaffe. Je sais reconnaître la tronche de quelqu'un qui adore faire joujou avec un missile.

Depuis que l'avion du président rwandais avait été abattu dans la proche banlieue de Kigali, les militaires africains, notamment ceux des Républiques du Zaïre et du Burundi, voyaient des utilisateurs des missiles presque partout. La suspicion était devenue une pathologie régionale, voire tropicale ! Un véritable psychodrame !

– Pourquoi dites-vous ça ? demanda celui qui, selon le passeport français en sa possession, s'appelait Hyacinthe de Bergerac.

– Je te trouve très louche.

– Sans blague !

L'autre béret vert qui assistait à la scène depuis le début, compte tenu de la réaction de son collègue, se mit soudain à jouer avec le chargeur du fusil qu'il portait en bandoulière. Le bruit produit par cette arme, dû à la rouille d'un mécanisme sans doute défectueux, provoqua des frissons à travers tout le corps de l'investigateur. Ce dernier était en train de se dire s'il ne valait pas mieux leur proposer du *matabiche*[26]. Apparemment, c'était la seule attitude qui pouvait calmer la fausse mauvaise humeur des séides du président-maréchal Mobutu Sese Seko.

– Ils sont où, tes complices ? enchaîna le béret vert, interrompant de ce fait la réflexion de l'investigateur qui se demandait si le fusil rouillé, lequel était pointé vers lui, contenait réellement des munitions.

– Comme vous le constatez, réagit Cicéron, je voyage tout seul. De quels compagnons parlez-vous ?

– De vos complices.

– Combien de fois dois-je vous expliquer que je ne suis pas un mercenaire, ni un opposant au régime de votre guide bien aimé ?

– On va te faire parler par la force.

– J'en ai assez de me donner la peine de vous convaincre. Ça fait plus de cinq minutes que vous me prenez la tête. Je tiens à voir votre supérieur.

– C'est simple, tu viens avec nous.

– Où ?

– Au camp colonel Tshatshi.

– Que je vous accompagne ? Vous pouvez toujours rêver. Je ne vous suivrai nulle part. Je refuse de quitter l'aéroport sans la présence d'un représentant de la France.

---

[26] Du lingala, peut-être aussi du kikongo, *matabisi*. Bakchich, pot-de-vin. On emploie aussi l'expression « *madesu ya bana* », c'est-à-dire « *les haricots pour les enfants* ».

– On va s'arrêter à ton ambassade, *mundele ndombe*[27], si tu veux.

– Je ne bouge pas d'ici.

– On va voir qui fait la loi au Zaïre.

– À quelle loi faites-vous allusion, citoyen ? Celle d'une République bananière ? lâcha avec beaucoup d'imprudence le Parisien d'adoption.

Le béret vert se mit en colère. Il chargea le fusil. Il fut imité par son coéquipier. À cet instant précis, l'esprit de l'ancêtre de Cicéron Boku Ngoi, la grande Nlasa Ngandu, survola à basse altitude l'espace qui était consacré au hall principal de l'aéroport international de N'Djili. Le frisson parcourut les corps des personnes les plus sensibles, présentes dans les parages. Un ange gardien veillait donc aux grains, au profit des intérêts du patron du *Ndanda Holding International*. Deux militaires français, certainement à la recherche d'un de leurs compatriotes en provenance d'Europe, déambulaient dans les environs. Le détective saisit l'opportunité qui s'offrit à lui. Il les interpella.

– S'il vous plaît !

La présence à Kinshasa des militaires français, en plus armés, matérialisait une sorte de chasse gardée de Paris. Les deux éléments du 2ème REP[28] qui étaient chargés de la surveillance quotidienne de l'ambassade de France à Kinshasa, en cette période d'incertitude, se dirigèrent vers la personne qui venait de les apostropher et ses anges gardiens.

---

[27] Expression du lingala désignant un Blanc à la peau noire, c'est-à-dire un bounty.

[28] Seul régiment de la Légion étrangère et l'un des quatre régiments d'infanterie de la 11ème brigade parachutiste, le 2ème régiment étranger de parachutistes a élu garnison en Corse, à Calvi. De cette triple appartenance, le 2ème REP a su mettre à profit un triple particularisme dont il a tiré sa force et son caractère unique. De la Légion étrangère, il bénéficie de la richesse de son recrutement et de son instruction initiale. Au quotidien, ou en mission, c'est l'esprit de corps et le culte de la manœuvre qui guide le comportement de chacun, comme dans toute unité de la Légion.

– S'il vous plaît, vous êtes le Commandeur Hyacinthe de Berge-rac ? se renseigna l'un des militaires français.

– Tout à fait, cher compatriote.

– Son Excellence, l'ambassadeur de France, nous a dépêchés pour vous accueillir. Excusez-nous pour ce léger retard.

– De rien, soldat ! lâcha avec fermeté le nommé Hyacinthe de Bergerac.

– On a voulu l'accompagner jusqu'à votre ambassade ! renchérit niaisement le béret vert, alors qu'il était pourtant très menaçant à l'égard du détective avant l'arrivée des éléments du 2ème REP.

– C'est très gentil de votre part, répliqua l'un des militaires blancs. Nous sommes venus spécialement pour escorter le Commandeur. Vous pouvez vaquer tranquillement à vos occupations. Au revoir, soldats !

Les deux bérets verts ne réagirent pas. Ils ne pouvaient plus rien intenter contre Hyacinthe de Bergerac. Malgré leur méchanceté fortuite, ils devaient se comporter correctement envers les militaires français. Ils avaient carte blanche avec leurs compatriotes, mais il ne fallait surtout pas occasionner un incident diplomatique entre la République du Zaïre et la France. La réaction de l'opinion interna-tionale était un facteur non négligeable, lequel entrait en ligne de compte. Le bouleversement en cours dans la région des Grands Lacs africains obligeait le pouvoir zaïrois à ne surtout pas avoir maille avec Paris.

Une fois dehors, Cicéron Boku Ngoi poussa un *ouf* de soulage-ment. Les Français étaient arrivés à temps. Sinon, il aurait été bon pour la spoliation. Si le diable, ou alors Saint Michel, marchait avec les soldats du 2ème REP, les ancêtres du détective étaient sans arrêt à ses côtés, prêts à intervenir. Le mystère de la vie !

– Comment l'ambassade était-elle au courant de ma présence à Kin[29] ? se renseigna Cicéron.

---

[29] Apocope de Kinshasa.

– Le Palais de l'Élysée a mis l'ambassadeur au courant de votre arrivée, depuis avant-hier dans la soirée.

– Mais, personne ne savait que j'avais pris le vol de la *Sabena*.

– On a reçu l'ordre formel de se présenter à l'aéroport, à chaque vol en provenance de Paris ou de Bruxelles.

Le taciturne Simbad Mpilantiemi, dit July Cuivre, se trouvait non loin de l'entrée principale du grand hall. Il s'agissait d'un *Galois*[30] qui avait collaboré avec l'investigateur dans les deux précédentes missions. En voyant le voyageur venu droit de Paris, en compagnie des militaires blancs, le Kinois déserta la Mercedes de couleur noire qui était garée à proximité de l'endroit où ils se tenaient. Il courut presque dans leur direction.

– Cicéron !

– Simbad !

Les deux hommes se jetèrent l'un dans les bras de l'autre, en proie à une immense joie relative aux retrouvailles. Cicéron Boku Ngoi attira un moment son compatriote à l'écart, car il ne voulut pas que ses gardes du corps sachent ce qu'ils allaient se dire.

– T'as fait un bon voyage ?

– Évidemment.

– La voiture est garée là-bas.

– Je dois d'abord me rendre à l'ambassade de France.

– Je t'emmène.

– J'ai déjà une escorte qui m'y conduit.

– Ils vont te garder longtemps ?

– Je n'en sais rien, mon grand. Si je reste quelques jours à Kin, je passerai te voir à Bumbu[31].

– T'es que de passage ?

– Tu as tout compris, Simbad.

---

[30] Habitant des communes de Bumbu et de Selembao.

[31] Une commune populaire de la ville de Kinshasa, où avait grandi Cicéron Boku Ngoi.

– Tu vas où, alors ?

– Au Rwanda.

– Ça va très mal, dans ce pays.

– Je le sais.

– C'est pour une autre enquête ?

– Comme d'habitude.

– Je peux venir avec toi ?

– J'aimerais bien que tu m'accompagnes à Kigali, mon cher ami. Mais c'est impossible.

– Pourquoi ?

– Tout d'abord, il te faut un visa. Or, en ce moment, ce n'est pas évident de l'obtenir à partir de Kinshasa. Ensuite, les Zaïrois sont très mal vus par les rebelles du FPR.

– Dommage !

– Merci d'être venu me chercher. Je suis très touché.

– De rien.

– Ne souffle surtout aucun mot à mes proches, concernant mon séjour éclair à Kin. Ne leur dis rien non plus sur mon voyage au Rwanda.

– Tu peux compter sur moi. On va sans doute se revoir à ton retour.

– Ce n'est pas du tout certain. Il y a de très fortes chances que je parte pour Paris, directement de Kigali.

– Bonne chance !

– Merci, Simbad ! À la prochaine !

*
* *

Le plénipotentiaire français était en train de feuilleter le volumineux dossier, contenant d'anciens et nouveaux éléments sur le Commandeur surnommé Hyacinthe de Bergerac, qu'il avait constitué. Ladite documentation concernait surtout les deux derniers séjours du détective dans la capitale zaïroise. Cette consultation fut interrompue par la sonnerie émanant de l'entrée. Une fois la porte ouverte, le Commandeur apparut. Accompagné de la ravissante secrétaire à la peau naturellement bronzée, il en franchit le seuil. Son Excellence se leva et serra la main du nouveau venu.

– Bonjour, monsieur De Bergerac !

– Bonjour, Votre Excellence !

– Tout s'est bien déroulé ?

– Le voyage s'est excellemment passé, excepté quelques tentatives d'embrouille avec les bérets verts à l'aéroport.

– C'est d'ailleurs ce que je craignais le plus, dit l'ambassadeur avant de s'asseoir tout en montrant du doigt à l'attention de son hôte le siège inoccupé. Dans ce pays en proie à l'insécurité, tout voyageur est un potentiel pigeon à plumer. Les gens sont mal payés, ils essaient d'arrondir comme ils peuvent les fins de mois difficiles.

La secrétaire particulière de l'ambassadeur, une très charmante Martiniquaise aux yeux d'ange, quitta la pièce. La merveilleuse créature laissa ainsi les deux interlocuteurs s'entretenir en toute tranquillité.

– J'ai failli me retrouver au camp colonel Tshatshi, expliqua le détective. Mais, la chance s'est penchée de mon côté. Les légionnaires que vous avez envoyés sont arrivés à temps.

– Commandeur, il faut savoir une chose. Les militaires de la DSP[32] sont très excités en ce moment. Compte tenu du tragique événement qui est survenu au Rwanda, la protection rapprochée du maréchal Mobutu s'est intensifiée. Lorsque le conseiller Maccioci m'a informé de votre voyage, j'ai jugé bon de mettre sur pied un comité d'accueil pour vous éviter de vous faire dépouiller par ces vautours.

– Vous avez vu juste.

– En tout cas, je suis très ravi de vous recevoir.

– Ce sentiment me fait très plaisir, Votre Excellence.

---

[32] La Division spéciale présidentielle.

– Voulez-vous consommer quelque chose de frais ?

– Non, merci ! Je ne bois quasiment plus rien le matin. C'est une vieille habitude que j'ai héritée de mon grand-père maternel Mabika Ndontoni, que d'aucuns appelaient Tintin.

– C'est un régime très draconien.

– De temps en temps, il faut s'imposer quelques restrictions sur le plan alimentaire. Ça permet d'entretenir la ligne.

– J'approuve votre point de vue. Venons-en à votre mission, si vous n'y voyez aucun inconvénient.

– Comme vous voulez, Votre Excellence.

– D'après le conseiller Maccioci, vous devez vous rendre le plus rapidement possible à Kigali.

– C'est l'impression que j'ai eue depuis Paris.

– J'ai reçu un rapport en ce sens.

L'ambassadeur de France expliqua pendant quelques minutes au détective les raisons pour lesquelles ils ne pouvaient surtout pas compter sur *Scibe Zaïre*, une entreprise qui était dirigée par Jeannot Bemba Saolona, un proche du maréchal Mobutu Sese Seko. Ils ne pouvaient pas non plus avoir recours aux services d'*Air Zaïre* pour le transporter jusqu'à l'aéroport de Goma. De plus, ces deux compagnies étaient truffées d'agents des services zaïrois de renseignements.

– Pourtant, fit comprendre le Commandeur, nous devons nous montrer pragmatiques. Une aide du gouvernement zaïrois ne peut que nous être utile.

– Le très combinard maréchal Mobutu profiterait de cette occasion. Il essaierait de nous subtiliser de l'argent, au cas où il nous prêterait main-forte.

– Où est le mal ? Les choses se déroulent de cette façon dans chaque transaction de ce genre.

– Le président zaïrois, croyez-moi, est un maître chanteur très habile et un homme sans scrupule. Ne l'oubliez surtout pas. Il est prêt à tout pour peser dans chaque opération qui se déroulera dans la région.

– Je le sais.

– Si jamais il nous donne un coup de pouce, il ne s'empêchera pas de lâcher ses méchants chiens de garde à vos trousses. Plus grave encore, il entreprendra tout pour apprendre la véritable raison de votre séjour au Rwanda. Il vaut mieux le laisser, pour l'instant, à l'écart de cette mission. On aura sans doute besoin de lui, mais pas pour l'instant.

– Vous avez forcément raison.

– Cet homme est prêt à tenter l'impossible, voire le diable, pour renouer avec la reconnaissance internationale qu'il a perdue depuis plusieurs années. Personnellement, je ne tiens pas à lui faire ce cadeau.

– Je comprends très bien votre position. Mais la paix au Rwanda, et dans la région des Grands Lacs, ne doit pas s'obtenir au détriment du peuple zaïrois.

– Exactement.

Cicéron Boku Ngoi voulut néanmoins creuser quelques pistes, s'agissant de la solution la plus appropriée pour se rendre au pays des mille collines.

– À mon humble avis, explicita l'ambassadeur de France, vous serez obligé de traverser le fleuve.

– Dois-je me rendre à Brazzaville ?

– C'est la voie la plus sûre, pour pouvoir s'envoler sans aucune inquiétude vers la ville de Goma.

– C'est vraiment dommage ! J'aurais dû prendre, dans ce cas, un vol direct pour le Congo depuis Paris.

– Personne n'était au courant de votre programme.

– Mais pourquoi ne pas atterrir directement sur le sol rwandais ? À quoi cet empêchement est-il dû ? Y a-t-il une raison particulière ?

– Les militaires des FAR, ou les rebelles du FPR, risquent d'abattre l'avion pour essayer de mettre cet attentat sur le dos de leurs ennemis respectifs. Ils sont tous surexcités, ces temps-ci. Il nous a semblé qu'il serait plus prudent de transiter par Goma, ou Bukavu, pour ensuite traverser la frontière par la route.

– Que ne ferait-on pas pour l'honneur de la France ?

– C'est vous qui avez choisi cette profession, Commandeur. C'est la paille et la poutre. On ne gagne pas beaucoup d'argent sans prendre de tels risques. Vous ne devez en principe vous en prendre qu'à vous-même.

– D'après mes souvenirs, aucune société aérienne ne dessert le trajet entre Brazzaville et Goma, ou alors Bukavu.

– Ne craignez rien. Nos militaires qui sont cantonnés dans la capitale congolaise trouveront la solution. Ils se chargeront de vous transporter, avec leur propre appareil, jusque dans la région du Kivu. Tout est déjà programmé.

– Quand la traversée aura-t-elle lieu, Votre Excellence ?

– Tout ne dépend plus que de vous.

– En ce qui me concerne, je suis prêt à partir.

– Dans ce cas, je vais me préparer.

– Vous m'accompagnez ?

– Bien entendu Ma présence à vos côtés vous évitera pas mal d'ennuis. Les bérets verts n'oseront pas vous importuner, si je fais partie de l'équipage. J'ai juste un coup de fil à passer pour prévenir nos militaires, notamment le général Jeannot Lamaison, de notre arrivée imminente à Brazzaville-la-Verte.

– Le général Jeannot Lamaison est, comment dirais-je, une vieille connaissance.

– Je suis au courant.

*

* *

Le beach Ngobila était plein de gens. Ils attendaient d'embarquer, sous le soleil torride qui sévissait à Kinshasa à cette période de l'année. Il s'agissait, pour la plupart, des commerçants zaïrois qui se rendaient de l'autre côté du fleuve pour vendre leurs marchandises. Tout ce monde était terrorisé par la présence des bérets verts, en faction un peu partout. Ces pauvres hères devaient non seulement distribuer des *matabiches* aux douaniers véreux, mais ils risquaient aussi de se faire racketter à chaque instant par les éléments de la garde prétorienne du président-maréchal Mobutu Sese Seko. Ironie du sort, le comportement des douaniers et des militaires était tout à fait incompatible avec la devise du Parti-État : *MPR*[33] *égale servir, se servir non !*

Quatre militaires français, bien armés, composaient la moins discrète escorte qui accompagna en cette fin de matinée l'ambassadeur de France. En les voyant, les douaniers se précipitèrent. Les agents les orientèrent *recta* vers la salle d'attente. Un quart d'heure plus tard, deux bérets verts, prévenus par les agents de douane, firent irruption dans la pièce où se trouvaient les six Français.

– Le colonel Mutu Mabe veut avoir un entretien avec vous, monsieur l'ambassadeur ! dit l'un des militaires de la Division spéciale présidentielle.

– Je ne vois aucune objection à ça, reprit avec moins d'enthousiasme le plénipotentiaire. Bien au contraire, je me sens très honoré.

– Vous pouvez nous suivre, s'il vous plaît !

– Nous nous mettons volontiers sous votre protection.

L'impressionnant colonel Mutu Mabe, qui mesurait à peu près deux mètres, était une véritable armoire à glace. Une bête humaine ! Sa peau très foncée témoignait de son origine ethnique : la région de l'Équateur. Il devait être un cousin, proche ou éloigné, du guide éclairé. Après avoir aperçu Son Excellence et ses compatriotes, l'officier quitta le hors-bord qui lui permettait de

---

[33] Mouvement populaire de la révolution.

surveiller, à l'aide des jumelles, une très large partie du fleuve.

– Bonjour, monsieur l'ambassadeur !

– Bonjour, mon colonel !

– On vient juste de m'apprendre que vous projetez de faire une virée à Brazzaville-la-Verte.

– Effectivement, nous comptons nous y rendre.

– Je peux vous accompagner personnellement. Ça va vous faciliter les choses. Une personnalité de votre rang doit être bien protégée.

– Votre compagnie nous fera un très grand plaisir, mon colonel.

– C'est gentil ! Je suis un fervent partisan de la coopération franco-zaïroise. Je suis un diplômé de Saint-Cyr.

– Un Saint-Cyrien ! Alors, nous partageons sans doute les mêmes valeurs.

Au moins quinze minutes et quelques secondes plus tard, après avoir navigué à tombeau ouvert sur le fleuve africain le plus puissant en débit avec ses 40 000 m³ d'eau par seconde, le hors-bord de l'armée nationale zaïroise accosta avec une sorte d'arrogance sur la rive brazzavilloise. Cinq militaires français attendaient déjà l'équipage.

– Vous êtes arrivés à destination, monsieur l'ambassadeur ! Votre sécurité a été efficacement assurée.

– Je ne sais comment vous remercier, mon colonel !

– La prochaine fois, il ne faudra surtout pas hésiter à faire appel à moi si vous envisagez de traverser le fleuve.

– C'est évident. Ce sera avec joie que j'effectuerai à nouveau ce trajet, sous votre haute protection et rassurante compagnie. Au revoir, mon colonel !

– Au revoir, monsieur l'ambassadeur !

CHAPITRE VI

Le petit avion de l'armée française manœuvra dans un ciel très nuageux, puis il parvint à atterrir sur la piste de l'aéroport de Goma. Heureusement, il ne s'agissait pas d'un gros-porteur. Vu l'état du tarmac, des nids-de-poule par-ci par-là, ainsi que les mauvaises conditions météorologiques, l'appareil aurait eu du mal à se poser en douceur. Ou alors, le pilote aurait pu atteindre son objectif mais après avoir occasionné beaucoup de dégâts aussi bien à bord de l'appareil que sur la piste. Une cinquantaine de soldats des Forces armées zaïroises, la mine fatiguée, veillaient au grain. Ils s'étaient postés à quelques endroits stratégiques, prêts à ouvrir le feu sur l'avion en provenance du Congo-Brazzaville.

– Qu'est-ce qui se passe ? s'adressa le pilote à l'un des membres de l'équipe de la tour de contrôle.

– Tout va bien, répondit une voix teintée d'accent propre à la région du Kivu.

– Vous êtes sûr ?

– À cent pour cent.

– À cent pour cent ! Pourquoi ces militaires pointent-ils, si c'est le cas, leur arsenal de guerre en direction de l'avion ? insista le pilote, très inquiet.

– Désolé. Juste un léger malentendu, lança le bidouilleur de la tour de contrôle. Ils vous ont pris pour des mercenaires rwandais.

– Dites-leur que nous ne sommes pas des rebelles, s'il vous plaît, mais des citoyens français ! D'autant plus qu'il se rassure. Nous ne venons pas non plus du Rwanda.

– D'accord, je fais le nécessaire.

Une voix gutturale finit par cracher une litanie en langue locale, sûrement du swahili. On eût dit un muezzin en train d'égrainer sa prière matinale pour ramener *illico presto* son troupeau de fidèles à la mosquée. Comme par enchantement, les affreux bérets verts se mirent au garde-à-vous. L'auteur du persuasif appel, lequel venait d'être à peine lancé, devait appartenir aux hauts grades, ou incarné un soldat chargé du commandement d'une unité élémentaire de combat ou de soutien. Un civil aurait eu un grand mal à calmer, par simple injonction, l'excitation qui avait animé ces soldats à cran. Quelle autre surprise les militaires zaïrois réserveraient-ils à l'équipage et au passager ? se demandèrent les personnes qui se trouvaient à bord de l'avion en provenance de Brazzaville. Le suspense était assuré !

– Tout est enfin redevenu normal, Commandeur ! se manifesta le pilote. Vous pouvez descendre.

– C'est bizarre. Comment se fait-il qu'ils soient devenus tout à coup dociles ? réagit le détective.

– Les militaires zaïrois sont non seulement des fanfarons, mais des peureux. Ce n'est un secret pour personne.

– Comment donc ! Je viens de le réaliser, lieutenant.

– Dieu soit loué ! Nous avons de la chance aujourd'hui, expliqua le pilote. En général, ils tirent sans sommation avant de s'excuser.

– C'est une armée très motivée, composée de soldats vaillants ! ironisa Cicéron.

– À qui le dites-vous ? Bonne chance, Commandeur, pour la suite de votre mission !

– Bon retour, lieutenant ! Surtout pensez à rassurer le général Lamaison.

Le pilote attarda un instant son attention sur le tableau de bord. Le moteur du petit avion de l'armée française se mit à ronronner. Une dizaine de minutes plus tard, l'appareil se transforma en un gros insecte ronflant timidement quelque part dans le ciel du Kivu. Cicéron Boku Ngoi, sa valise à la main, s'attarda un instant dans la salle d'attente. Un militaire s'approcha de lui.
– T'as pas une clope, *bwana*[34] ?

La moindre des choses, pensa le Commandeur, c'était de saluer la personne que l'on voulait solliciter. Néanmoins, l'impolitesse caractérisait à outrance les soldats de rang inférieur. De toute évidence, ce fut une façon pour ce brave militaire, aussi cavalière fût-elle, de vouloir faire connaissance. Il fallait bien que quelqu'un engageât, d'une manière ou d'une autre, la discussion.
– J'ai en effet quelques cigarettes.

Le détective ne fumait jamais. Mais il n'ignorait pas que, dans le continent africain, une cigarette ne pouvait que lui faciliter la conversation et ouvrir pas mal de perspectives. La cibiche, comme la bière, avait toujours été l'un des objets de rapprochement entre les individus. Sans rouspéter, l'investigateur sortit un paquet de Marlboro de l'une des poches intérieures de sa veste un peu froissée et le tendit au militaire à la mine de papier mâché.
– Vous pouvez vous servir.

En voyant le paquet de cigarettes, le joyeux soldat des Forces armées zaïroises s'extasia. Il avait l'air d'un Bédouin qui, après une très longue marche, venait d'apercevoir un puits d'eau en plein désert.

---

[34] Patron, en langue swahili.

– T'as beaucoup de pognon, *bwana* ! proféra le militaire, après avoir récupéré avec joie le paquet que venait de lui tendre le visiteur alors qu'on lui avait proposé de ne prendre qu'une cigarette, ou deux mais pas plus.

– Pas vraiment.

– Arrête de me faire marcher. Tu racontes des conneries. Il n'y a que les Blancs qui fument du Marlboro, *bwana*. T'es donc un homme très riche.

– Ce n'est pas sûr. En Europe, sergent, même les pauvres gens peuvent s'en procurer.

– Tu vis en Europe ?

– Oui, à Paris.

– T'es bourré de fric, quoi ! Un Noir qui vit à Paris ne peut pas être pauvre.

– Le fait d'habiter en France n'est pas quelque chose d'extraordinaire. Ça n'a rien à voir avec la condition sociale. Je ne suis qu'un pauvre citoyen français.

– Je comprends maintenant pourquoi t'as des manières d'un *muzungu*[35].

– Vous trouvez ?

Mais l'homme de troupe ne l'écoutait plus. Il sombra tout à coup dans la méditation. Les yeux fermés et la cigarette pincée entre les lèvres épaisses, il inspira profondément. Son esprit se retrouva à des milliers de kilomètres de l'aéroport de Goma. Prenant tout son temps, il expira ensuite quelques bouffées de fumée. Cet exercice prit du temps, le fumeur ayant été en proie à l'extase à la suite de la montée du désir. Il avait atteint le paradis, eût-on cru, où il baguenaudait et s'adonnait au dilettantisme ! Il parcourait le nirvana, pendant le très court instant d'exaltation. Au moment où il ouvrit les yeux, lesquels étaient d'un rouge pas du tout naturel, plus personne ne se trouvait en face de lui. Cicéron Boku Ngoi était parti depuis quelques minutes.

---

[35] Homme blanc, en swahili.

Le regard posé sur le paquet de Marlboro fortement serré dans la main, le sergent s'assit sur une banquette et se mit à le contempler. Il réalisa qu'il ferait une très bonne affaire, en vendant la cigarette à ses compagnons d'armes au moins dix francs français[36]. Le détective ne pouvait que représenter, à ses yeux, un véritable don du ciel. La vie était momentanément redevenue belle.

Aucun taxi n'était visible à l'aéroport de Goma, notamment à l'emplacement qui était censé servir à cet effet. Pourtant, Cicéron Boku Ngoi devait se rendre au centre-ville. Abandonné à lui-même, dans un endroit pas du tout sûr, le pèlerin aisé ne sut plus à quel saint se vouer. Une voix qui ne lui était pas étrangère l'interpella.

– *Bwana*, t'es encore là ? cria presque le stentor qui se tenait, tel un roc, à quelques mètres de l'endroit où s'était planté le voyageur. Tu n'es pas encore parti ?

Il n'y avait pas grand monde dans les parages. Le secteur de l'aéroport était déserté, aussi bien par les commerçants ambulants que par les citoyens *lambda*. Prudents, les Gomatraciens avaient préféré vaquer dans les quartiers populaires, moins dangereux que les lieux officiels. Le détective revit le militaire de tout à l'heure, l'air jovial, le paquet de Marlboro à la main. Tout en parlant, il s'approchait de plus en plus de Cicéron Boku Ngoi au point de franchir le seuil d'intimité.

– T'attends quelqu'un ?

– Je suis en train de me demander comment faire pour partir d'ici.

– Où est-ce que tu veux aller ?

– Au Rwanda.

– Qu'est-ce qui te prend, *bwana* ? Ce n'est pas bon de partir là-bas.

– Je n'ai pas le choix.

– Ah bon !

– Mon épouse m'attend à Kigali, mentit Cicéron. Il faut que j'aille

---

[36] À peu près 1,52 euro.

la retrouver. Je ne peux pas la laisser toute seule dans un pays étranger, surtout en ce moment où les Hutus et les Tutsis sont en train de s'entre-tuer.

– Je ne veux vraiment pas être à ta place.

– Moi non plus, je n'ai pas souhaité la situation à laquelle je suis confronté.

– Comme t'es très gentil avec moi, je peux te déposer à la frontière.

– Mais…

– Tu connais la musique, toi. Je risque d'avoir beaucoup de problèmes avec le capitaine Matata Falanga, mais ce n'est pas grave.

– Si vous me conduisez jusqu'à la frontière, sergent, vous gagnerez de l'argent. Je saurai me montrer généreux. Je vous donnerai cinq cents francs français[37].

– C'est cinq ou six mois de pourboire pour un sergent de l'armée zaïroise.

– J'ai toujours respecté la parole donnée, sergent. Je vous propose cette somme contre une promenade vers la frontière rwandaise.

– Ne bouge surtout pas, *bwana*. Je suis à toi dans quinze minutes.

– De toute façon, je ne peux que vous attendre. Que puis-je faire d'autre, franchement ?

Une vingtaine de minutes plus tard, une Jeep de l'armée nationale zaïroise freina brusquement à la hauteur de Cicéron Boku Ngoi. Le conducteur, l'heureux propriétaire du paquet de Marlboro, fit signe au nanti baroudeur de monter. Une fois les fesses du passager posées sur le siège avant, le chauffeur en tenue militaire démarra en trombe.

– Donne-moi l'argent maintenant.

– Vous êtes rapide en affaire. Vous aurez la moitié tout de suite et l'autre moitié quand nous arriverons à destination.

– T'as pas confiance ?

---

[37] Presque 76,22 euros.

– J'ai souvent agi de la sorte.

– J'ai risqué ma vie pour te rendre service, et tu me traites de comme ça ? Ce n'est pas juste.

– Que les choses soient claires, sergent ! réagit le détective en haussant le ton. Vous ne me dépannez pas gratuitement.

– Ne te fâche pas, *bwana*. Qu'est-ce que t'attends pour me donner les deux cent cinquante francs français[38] ?

Cicéron Boku Ngoi fournit quand même l'effort de contenir le courroux qui anima tout son être. Il lui passa quelques billets de banque, à la hauteur de la somme convenue. Le militaire les empocha à une vitesse impressionnante, comme s'il avait peur que son client ne changeât tout à coup d'avis.

– Attention ! cria le passager.

Le chauffard était très heureux. Il était tellement content d'avoir fait une affaire juteuse qu'il faillit renverser un mouflet. Ce dernier traversait la rue, sans prêter la moindre attention à la circulation. L'insouciance, c'était l'une des conséquences, après la corruption, du régime *mobutiste*. Le mal était profond, au pays du dictateur en *abacost*. Le crissement de pneus attira l'attention de quelques badauds. La Jeep s'immobilisa de justesse à un centimètre du gamin qui, pris de panique, détala tel un lapin après avoir reconnu le véhicule des Forces armées zaïroises. Mais personne n'osa raisonner le chauffard en tenue militaire. On risquait de recevoir une balle en plein cœur. Au Zaïre de Mobutu Sese Seko, les militaires étaient des privilégiés. Ils avaient toujours raison, dans tout litige qui les opposait aux civils. L'homme de troupe aurait ensuite plaidé, au cas où il aurait écrasé le gamin, la légitime défense par rapport à une tentative de lynchage et il aurait été relâché.

– T'as vu comment je suis prudent au volant, *bwana* ? fit

____

[38] À peu près 38,11 euros.

calmement remarquer le béret vert. J'allais rouler sur ce petit bâtard de merde…

— Vous êtes un excellent conducteur, dit le détective qui ne voulut pas non plus perdre du temps en engageant une discussion qui n'aboutirait à rien.

— N'est-ce pas?

— Un vrai pilote de course!

— T'es un connaisseur, *bwana*!

Finalement, la Jeep quitta la ville de Goma et s'engagea à vive allure à travers un chemin de brousse, lequel était en très mauvais état. Le militaire et le civil roulèrent sans aucun problème jusqu'à ce que quatre rafales contraignissent le véhicule des Forces armées zaïroises à s'arrêter.

— Que se passe-t-il? demanda Cicéron, dont la peur se manifesta instantanément sur le visage.

— Des rebelles rwandais. Ils nous canardent.

— À moins que je me trompe, il me semble que nous sommes encore en territoire zaïrois.

On sentait l'homme en uniforme très désespéré. Le regard angoissé qu'il lança en direction du civil, qui était assis à côté de lui, semblait très parlant: *« mon gars, on est bons pour l'autre monde! »*

— Oui, réagit finalement le militaire sans scrupule. Mais les rebelles rwandais opèrent aussi dans ce secteur. La frontière se déplace tout le temps.

— Qu'allons-nous faire, à présent?

— Sauver nos peaux. Ils vont essayer de tirer sur la bagnole pour nous obliger à déguerpir. C'est la Jeep qu'ils veulent.

Cicéron Boku Ngoi récupéra à la hâte sa valise, laquelle était posée sur la banquette arrière, et descendit de la Jeep. Les hautes herbes se mirent à bouger non loin de l'endroit où les deux hommes avaient battu en retraite. Une voix se fit entendre. Le conducteur cria, en swahili. Après deux minutes et quelques secondes, un soldat jaillit de nulle part.

— T'as voulu nous tuer, espèce de salopard ! s'énerva, toujours en swahili, le conducteur du véhicule de l'armée nationale zaïroise dès qu'il eut déserté sa cachette.

— Mais non, répondit l'autre militaire presque en gueulant dans la même langue. On vous a pris, tous les deux, pour des rebelles rwandais.

— On tire comme ça sur les gens ? Il faut être con pour faire ça.

— Arrête, tu sais bien comment ça se passe, sergent Pole-Pole. On n'a pas le temps de vérifier à qui on a affaire. Qui est ce civil ?

— C'est mon cousin, le fils de mon oncle maternel. Je l'emmène à la frontière. Sa femme l'attend depuis quelques jours à Kigali.

Sacré mensonge, de la part du sergent véreux. En entendant son interlocuteur faire allusion à la capitale rwandaise, le soldat sorti droit de la brousse ouvrit grand les yeux. On aurait dit qu'on venait d'évoquer l'enfer. Six autres militaires les rejoignirent.

— Vous allez où ? se renseigna le gradé.

— À la frontière, reprit le conducteur de la Jeep.

— Le Quartier Général n'a pas signalé votre passage, sergent Pole-Pole.

— Oui, je suis au courant ! lâcha le conducteur ayant eu tout à l'heure la plus belle frousse de son existence.

— C'est pour ça que mes hommes n'ont pas hésité à ouvrir le feu sur la Jeep.

— Ce n'était pas prévu au programme, mon colonel. Je dois accompagner mon cousin.

— Ce n'est pas un véhicule familial, fit remarquer le militaire gradé.

— Je le sais bien.

— Tu l'emmènes où ?

— À la frontière.

– Pourquoi ?

– Il va chercher sa bonne femme à Kigali.

L'évocation de cette ville du Rwanda fit tout de suite de l'effet. Elle produisit la même réaction aux soldats des Forces armées zaïroises qui venaient de se joindre à eux. Ainsi le colonel fit-il signe à ses compagnons d'armes de déguerpir dare-dare. Cette histoire ne les concernait pas.

– Bonne route, sergent ! conclut l'officier.

Le sergent Pole-Pole pouvait donc reprendre le volant, et poursuivre son chemin. Une fois à quelques kilomètres de la frontière rwandaise, la Jeep de l'armée nationale zaïroise bifurqua. Le véhicule tout-terrain s'engagea à travers une petite voie complètement cabossée et sans issue.

– Où va-t-on ? demanda le passager.

– Quelque part. On est obligés de prendre ce chemin pour éviter le contrôle de l'armée rwandaise. Fais-moi confiance.

– Devrais-je conclure que vous connaissez très bien le secteur ?

– Je fais traverser la frontière à beaucoup de trafiquants. C'est comme ça que j'arrondis mes fins de mois. Les militaires ont un salaire de misère. Je dois me débrouiller pour faire vivre ma famille.

– Incroyable ! Le fameux article 15 est toujours en vigueur au Zaïre[39] ?

– Qu'est-ce qu'on peut faire d'autre, quand on n'est pas payés ?

Aussitôt à destination, le conducteur stoppa le véhicule en faisant signe de la main à Cicéron Boku Ngoi de garder le silence. Après avoir réalisé qu'il n'y avait personne dans les environs, le militaire reprit la conversation en chuchotant.

– C'est le Rwanda, de l'autre côté.

– Merci pour tout, sergent ! reprit l'investigateur à voix basse.

---

[39] Cet article 15 fait officieusement référence à la débrouillardise.

Cicéron Boku Ngoi sortit quelques billets de banque de sa poche et allongea la monnaie au soldat qui était un parfait trafiquant à ses heures. Après tout, en dépit de quelques mésaventures, le sergent Pole-Pole avait convenablement rempli sa tâche. Le magouilleur en uniforme mit sans tarder l'argent dans sa poche. Ensuite, il murmura. La discrétion s'imposait, dans la mesure où il ne fallait pas attirer l'attention des patrouilleurs rwandais.

– Tu vas avoir du mal à trouver un moyen de transport de l'autre côté de la frontière. Plus rien ne fonctionne dans ce foutu pays.

– Je me débrouillerai.

– On peut faire une bonne affaire, *bwana*.

– Je vous écoute.

– Je te laisse la bagnole pour mille francs français[40]. Ça te va, hein ?

– Vous n'aurez pas d'ennuis, une fois de retour à Goma ?

– Ne te bile pas pour la caisse. C'est mon problème. Je veux me débrouiller.

Sans discuter, Cicéron Boku Ngoi passa deux billets de cinq cents francs français au militaire. Ce dernier le remercia sincèrement.

– Je vous accompagne jusqu'à la route principale, proposa le détective devenu propriétaire de la Jeep.

– Ne t'inquiète pas pour moi. Je vais rencontrer d'autres collègues. Ils vont me ramener jusqu'à Goma. Tu dois partir tout de suite.

– Encore une fois, merci !

– Bonne chance, *bwana* !

– Bon retour !

Cicéron Boku Ngoi ne devait pas se faire de souci, de toute manière, pour le très rusé militaire des Forces armées zaïroises. Le soldat menacerait sans vergogne un civil à qui il confisquerait aisément le véhicule pour rejoindre l'aéroport de Goma, avant de le

---

[40] Presque 152,44 euros.

vendre à un naïf qui aurait en fin de compte affaire à la justice pour vol d'un bien mal acquis. Quant à l'investigateur, il ne pouvait pas refuser la proposition du sergent véreux. Il avait réellement besoin de cette Jeep. Il lui fallait un moyen de locomotion pour atteindre au moins la ville rwandaise la plus proche, c'est-à-dire Gisenyi. Sans automobile, bernique ! Il ne pouvait qu'assumer son nouveau rôle de receleur, avec tout ce que cela comportait comme conséquence dans un pays où la justice n'était pas du tout impartiale. En tout cas, le détective avait pris un risque considérable. De plus, dans le pire des cas, le sergent Pole-Pole aurait pu le tuer ou le détrousser avant de l'abandonner à la merci des militaires rwandais.

Finalement, le véhicule de l'armée nationale zaïroise franchit la frontière zaïro-rwandaise. Aucun militaire, ni garde-frontière, n'était en vue.

La baraka se pencha donc du côté du conducteur. Tant mieux ! Cicéron Boku Ngoi roula pendant plus d'un quart d'heure, sur une route dans laquelle beaucoup de familles rwandaises marchaient. Les uns trimballaient bagages et enfants, tandis que les autres portaient de lourds fardeaux sur leurs têtes ou sur un vélo. Ils se dirigeaient avec les biens, qu'ils avaient pu prendre à la sauvette, et les bétails en direction de la République du Zaïre. Ces Hutus avaient préféré s'exiler avant l'arrivée triomphale des rebelles tutsis du Front patriotique rwandais.

Le paysage vert et très vallonné, aussi bien du côté zaïrois que rwandais, rappela à Cicéron Boku Ngoi une image bien connue : celle relative à la Haute-Savoie dans l'Est de la France, ou alors au splendide panorama helvétique. La douce France, ce pays de sa jeunesse, commençait déjà à lui manquer. Le conducteur croisa, au bout d'un moment, un paysan qui se reposait, un fardeau posé par terre. Le bonhomme faillit s'enfuir lorsqu'il vit le véhicule aux couleurs de l'armée. Seul le fait que le chauffeur fût en tenue civile le persuada de ne pas bouger. Plus de peur que de mal. Un ange passa ! Son impressionnante maigreur laissait supposer que le gars était égaré pendant très longtemps en enfer.

    – *Ndi umufaransa!* osa balancer le Commandeur en kinyarwanda. *Hehe Gisenyi?*[41]

Le Commandeur baragouina le kinyarwanda comme une vache congolaise ayant longtemps tondu de sa langue les pâturages français. En effet, il s'exprimait avec un accent mêlé à la fois d'intonations kinoise et parisienne. Son expression avait un relent des langues lingala, kikongo et française. Un curieux mélange qui, dans d'autres circonstances, aurait fait dilater la rate du paysan rwandais.

    – *Hariya, ibumoso*[42], répondit l'interlocuteur du détective en montrant du doigt un lieu invisible à l'horizon.

    – *Ni kure?*[43]

    – *Yego.*[44]

    – *Lisansi nayibona hehe?*[45]

    – *Hariya, ibomoso.*

    – Merci!

    – *Mukurarugendo?*[46]

    – *Simbyumva.*[47]

    – Touriste? demanda le paysan en français.

    – Oui! Vous parlez français?

    – Un peu.

    – Où est-ce que je peux trouver quelque chose à manger?

    – Parlez… lente… ment…

    – *Ndashonje.*[48]

---

[41] *Je suis Français. Où se trouve Gisenyi?*

[42] *Là-bas, à gauche.*

[43] *C'est loin?*

[44] *Oui.*

[45] *Où trouver de l'essence?*

[46] *Touriste?*

[47] *Je ne comprends pas.*

[48] *J'ai faim.*

Le candidat non volontaire à l'exil tira un morceau de poulet de sa gibecière, puis il le donna à l'étranger affamé. Ce dernier le prit précipitamment, tel un malpoli, comme s'il avait peur que la nourriture se volatilise. Il était évident que ventre affamé ne connaissait plus les bonnes manières.

– *Inokoko*, dit le paysan.

– Du poulet ?

– Oui, *inokoko*.

Le détective oublia les règles du savoir-vivre. Le ventre avait pris, par instinct de survie, le dessus sur la cervelle. Il avala le morceau de volaille, sous le regard admiratif du paysan qui, après avoir constaté que le touriste était très affamé, lui passa un autre morceau. Ne sentant plus les affres de la faim, profitant de la générosité à laquelle il venait de faire l'objet, Cicéron Boku Ngoi s'adressa au citoyen rwandais.

– *Mfite inyota*.[49]

Le bonhomme sortit une bouteille de la gibecière, qu'il portait en bandoulière, et la donna à son interlocuteur. Ce dernier but goulûment.

– *Urwagwa*[50], expliqua la personne qui était en train de s'exiler dans des conditions inhumaines.

– *Kararyoshye*[51], lança Cicéron.

De fabrication artisanale, l'*urwagwa*, un breuvage très alcoolisé – plus de quinze pour cent – restait la grande boisson nationale, malgré la poussée de produits d'importation. Le rôle social de la bière était considérable au pays des mille collines et ne tendait pas à s'estomper. Elle représentait surtout une boisson de cérémonies, la récompense des travaux effectués en commun, le moyen privilégié

---

[49] *J'ai soif.*

[50] *La bière de banane.*

[51] *C'est bon.*

d'établir des relations d'amitié, d'attirer la sympathie et de remercier.

Pour préparer l'*urwagwa*, le paysan rwandais cueillait les régimes de banane encore verts – avant maturité – et les mettait à fermenter dans la cour pendant deux à trois jours, après les avoir couverts de feuilles de bananes. Emballés dans ces feuilles, les régimes étaient ensuite placés dans une fosse couverte de troncs de bananiers et de terre. Ce four primitif était finalement mis à feu et, après cuisson, les bananes étaient sorties et épluchées puis malaxées dans l'eau du bassin : c'est-à-dire dans un long récipient de bois en forme de pirogue. Le tourteau ainsi formé était pressé et le jus libéré filtré dans les calebasses. Mélangé à un peu de farine de sorgho, le jus était mis à chauffer dans une grande cuve. Après trois jours de fermentation, il fallait consommer la bière puisqu'elle deviendrait très vite acide et imbuvable.

Le voyageur estima que le Rwandais méritait un billet de cent francs français, l'équivalent à l'époque de mille trois cent quatre-vingts francs rwandais. Il fallait le remercier.

– *Amafaranga*[52], dit le détective.

– *Oya, oya !*[53] insista le Rwandais.

Le détective comprit que le paysan, par ce refus, venait de lui signifier que l'amitié n'avait pas de prix. *Les riches en biens sont aussi riches en cupidité*, dit un proverbe rwandais.

---

[52] *L'argent.*

[53] *Non, non.*

CHAPITRE VII

Dès son arrivée dans la ville de Gisenyi aux alentours de dix heures du matin, après avoir parcouru la sinueuse route nationale –bondée de monde ayant abandonné leurs habitations et fuyant à pied – à travers la savane et les villages désertés, Cicéron Boku Ngoi roula *intra-muros* à trente kilomètres à l'heure jusqu'à ce qu'il aperçût une devanture portant l'inscription *Hôtel Méridien Izuba*. Ce complexe hôtelier comprenait soixante-douze chambres, un bar, un restaurant, une piscine, un court de tennis, une discothèque et des boutiques. Ainsi décida-t-il d'y faire une halte, d'au moins une journée entière, avant de reprendre la route en direction de Kigali.

La ville de Gisenyi comptait vingt-deux mille habitants avant les massacres et le départ précipité d'une partie de la population. Cette agglomération est géographiquement localisée au Nord du lac Kivu, à proximité de la frontière zaïroise : plus précisément à quelques kilomètres de la ville de Goma dans l'actuelle République Démocratique du Congo. Elle se situe à cent soixante-dix kilomètres de Kigali, par une route bitumée et il faut parcourir un trajet de soixante-trois kilomètres, à partir de la ville de Ruhengeri, pour y accéder. Cette cité balnéaire, laquelle était renommée à l'époque de la présidence de Juvénal Habyarimana, perdrait complètement sa réputation touristique, après le génocide de 1994, au profit de la ville de Kibuye.

Ses affaires à peine posées dans la chambre du deuxième étage que l'on venait de lui attribuer, le détective descendit *recta* au restaurant, lequel était presque désert. On lui servit du *sombé* aux *isambaza*[54] séchés. Les autres clients, trois Européens qui étaient probablement des Belges, consommaient un plat à base de poisson accompagné de frites. Ils avaient parcouru, fallait-il croire, plusieurs milliers de kilomètres pour ne se contenter que de la nourriture de leur pays. Ce phénomène parut incompréhensible au Parisien d'adoption. Après tout, le fait de consommer une spécialité brabançonne loin de la terre ancestrale pourrait entretenir, dans l'esprit de certaines personnes, une quelconque nostalgie. À quel prix ? C'était loin d'être la préoccupation première du duc de la Lukaya. Il revenait à chacun de se fier à sa conception en matière de dépaysement.

Selon toute vraisemblance, la présence des ressortissants belges au Rwanda pourrait expliquer l'engouement de tout le pays pour les frites. Du restaurant gastronomique jusqu'à la moindre gargote, en passant par la table familiale, tout le monde préparait des frites, en utilisant aussi bien de la pomme de terre que des raves de manioc ou de la patate douce. On déposait sur chaque ration un gros pâté de mayonnaise. Le bouquet final, sans l'ombre d'un doute ! Le détective attendait, indisposé par l'exhalaison des tubercules de convolvulacées que l'on était en train de frire dans l'huile d'arachide, l'arrivée d'une des personnes dont les noms figuraient sur la liste que lui avait confiée à Paris le conseiller Maccioci lors de leur entretien au Palais de l'Élysée.

Après avoir réintégré la chambre de l'hôtel quelques minutes plus tard, Cicéron Boku Ngoi sortit de sa valise le téléphone cellulaire, fonctionnant via le satellite. Cet appareil était toujours en sa possession lors de fréquents déplacements hors des territoires d'un bon nombre de pays européens. Il consulta encore une fois le listing en

---

[54] Sardines du Kivu aux feuilles de manioc pilées.

sa possession. Ensuite, il passa quelques coups de fil. Finalement, le détective composa le numéro personnel du sherpa du président de la République française, le fervent admirateur du talentueux Charles-Maurice Talleyrand-Périgord, Prince de Bénévent et évêque d'Autun. À une heure aussi tardive, s'imagina Cicéron Boku Ngoi, le conseiller devait en principe se trouver dans les bras de sa bourgeoise, ou alors de Morphée. Il avait néanmoins tenté sa chance.

– Bonsoir! J'aimerais parler au conseiller Maccioci.

– De la part de qui, s'il vous plaît? fit la voix presque enrouée d'une personne d'un âge assez avancé.

– Du Commandeur, je lui téléphone depuis le Rwanda.

– Le Rwanda?

– En effet.

– C'est la province, ça?

– C'est un pays qui est situé dans les collines de l'Afrique centrale. Dans la région des Grands Lacs, plus précisément.

– Mon cher monsieur, je croyais que cette région se trouvait au pays basque.

– On apprend tous les jours.

– C'est vrai, en plus. Et à n'importe quel âge.

– C'est ça.

– Ne quittez pas, monsieur. Je vous passe mon fils.

– Merci, madame!

Ainsi le conseiller de l'éminence rose, qui était âgé d'à peu près trente-cinq ans, vivait-il encore au domicile de sa chère maman. Une dame de fer, à en juger par ses cordes vocales! Il avait du mal à quitter le giron familial, en n'ayant pas réussi à rompre le cordon ombilical. Il devait être, sans conteste, un inconditionnel adepte d'élixirs du charlatan viennois, à savoir un spécimen typiquement freudien.

Quelques instants plus tard, le tympan de l'une des oreilles de Cicéron Boku Ngoi frémit. La voix un tout petit peu cassée du fils à maman envahit l'organe permettant à l'investigateur de capter le son. À l'entendre parler, on avait comme l'impression que le sieur Maccioci attendait ce coup de fil de toute éternité.

– Allô, Commandeur ! C'est François-Xavier Maccioci à l'appareil.

– Bonsoir, monsieur le conseiller. Je me trouve à Gisenyi, ville située à presque cent soixante-dix kilomètres de Kigali où je compte me rendre demain en fin d'après-midi.

– Les choses ont changé, figurez-vous.

– C'est-à-dire ?

– J'ai essayé de vous joindre, mais notre ambassadeur à Kinshasa m'a appris votre départ pour Kigali via Brazzaville et la ville de Goma.

– Que s'est-il passé, pendant ce temps, à Paris ?

– Ce matin, aussi bien au ministère de la Défense, aussi chez les agents secrets du boulevard Mortier que chez l'ex-numéro deux de la « cellule anti-terroriste » de l'Élysée, l'ancien super gendarme…

– Vous faites allusion au capitaine Paul Barril ?

– En effet. Je disais qu'à l'avenue de la Grande-Armée, les fins limiers ont annoncé la nouvelle que tout le monde attendait.

– Quelle est cette information ?

– Le scoop de l'année. Face à la presse il y a quelques heures, le capitaine Barril a rapporté, la main sur le cœur, que l'attaché militaire de l'ambassade de France à Kigali, le colonel Bernard Coussec de Mortagne, avait affirmé devant témoin qu'on avait déjà trouvé les « boîtes noires ». Ce colonel, qui est également gendarme, était de la même promotion que le capitaine Barril.

– Les boîtes de l'avion du feu président Habyarimana ?

– Exactement. Il paraît qu'ils ont réussi à décoder les conversations entre le pilote et la tour de contrôle.

– C'est contradictoire avec les nouvelles récentes en ma possession. J'avoue que je suis très surpris.

– Que voulez-vous dire par là ?

– J'ai réussi à obtenir, dès mon arrivée à Gisenyi, quelques informations auprès d'une des personnes dont les noms figurent sur la liste que vous m'avez confiée. J'ai surtout appris qu'un employé de la *Satif* avait expliqué, dès le lendemain du crash, l'inexistence d'enregistrement à bord.

– C'est quoi la *Satif*?

– Il s'agit de la société privée qui sert d'écran au ministère français de la Coopération pour la rémunération, à hauteur de trois millions de francs français[55] par an, de l'équipage français de l'avion qui a été abattu.

– Je reconnais que je suis dépassé, moi aussi, par les événements. On dirait que le gouvernement est au courant de votre présence au Rwanda. Il divulgue intentionnellement de fausses informations, à petite dose, pour nous éloigner de plus en plus de la bonne piste.

– D'autant plus que le 17 juin, le gouvernement français, en réponse à la requête des Nations Unies, a notifié officiellement ne pas détenir les fameuses « boîtes noires ». N'oublions pas que, en ce moment, la gauche cohabite avec la droite. Tout est donc permis.

– D'autant plus que, quelques heures plus tôt, le capitaine Barril a montré les fameuses « boîtes noires » aux journalistes du *Monde* ayant répondu présents au siège de la Société de sécurité et de renseignements, soi-disant secrets, qu'il dirige à l'avenue de la Grande-Armée. L'ex-gendarme de la GIGN[56] les a récupérées, paraît-il, à Kigali où il s'est rendu à deux reprises depuis l'attentat.

– Le capitaine a-t-il révélé la couleur de ces « boîtes » ?

– Selon le super gendarme, elles sont de couleur noire.

Le patron du *Ndanda Holding International* ne s'empêcha pas d'éclater de rire. Le capitaine Paul Barril s'était tiré une balle dans le pied.

---

[55] À peu près 457 347,05 euros.
[56] Groupe d'intervention de la gendarmerie nationale.

– Les vraies « boîtes noires » sont de couleur orange, ou rouge. Elles ont des bandes blanches réfléchissantes pour permettre facilement leur localisation, en cas d'accident.

– Par Jupiter !

– Il a raconté n'importe quoi, votre super gendarme. En principe, ces boîtes sont serties pour éviter des manipulations inutiles. Elles sont en plus munies de trois prises seulement pour l'alimentation, l'enregistrement et la restitution des données. Laissez le capitaine amuser la galerie, précisa l'investigateur. Ne dites rien à personne jusqu'à la fin de mon investigation.

– Vous venez de m'en boucher un coin, lâcha le conseiller du président de la République française.

– Ce n'est pas pour rien que je suis un investigateur. Ce sacré capitaine est en train de bluffer les gens, certainement pour mettre un terme à une éventuelle recherche. Pourquoi a-t-il accepté de jouer ce rôle ? Seule la réponse à cette question permettra, monsieur le conseiller, de lever l'équivoque.

– Paul Barril est un déçu du mitterrandisme.

– Bingo ! Il me semble qu'il est passé de l'autre côté de la frontière politique.

– Il a effectivement franchi la barrière idéologique, voire matérielle.

– C'est pour régler quelques comptes qu'il s'est mis au service du gouvernement Balladur. J'en suis convaincu. N'allez pas chercher plus loin.

– Poursuivez vos recherches, Commandeur. Tenez-moi au courant de tout.

– J'ai été payé pour mener une investigation, monsieur le conseiller. Vous recevrez donc, en temps et en heure, un rapport complet sur les fameuses « boîtes noires ».

Vers vingt et une heures, Cicéron Boku Ngoi descendit au bar où il s'installa en face de la fenêtre. Il préféra avoir une vue sur l'extérieur, afin de pouvoir surveiller l'entrée de l'hôtel. Il estima que, dorénavant, il devait doubler de prudence. Un serveur s'amena et lui adressa la parole.

– Qu'est-ce que je vous sers, patron ?

– Vous voulez savoir ce que je veux consommer ?

– Oui, patron.

– Je prendrais bien une *inzoga*[57].

– Avec ça ?

– C'est tout pour l'instant.

Une jolie créature d'une vingtaine d'années, était légèrement assise en face du détective. Elle n'arrêtait pas de le mitrailler, depuis qu'il avait pris place, de son regard très suggestif. Le garçon revint et servit de la bière au client qui, en principe, voyageait *incognito*. Ce dernier, après avoir versé la quantité qu'il fallait dans le verre, but quelques gorgées. La boisson fraîche lui fit du bien et lui procura, en même temps, de l'assurance. Le breuvage tonifia le corps fatigué du client, qui avait subi des secousses à cause d'une route en mauvais état. La fille qui s'était installée un tout petit peu dans son axe facial continuait à l'aguicher. Vingt minutes plus tard, Cicéron Boku Ngoi fit signe au serveur. Au même moment, la charmante racoleuse s'extirpa de la chaise. L'investigateur régla la note, aussitôt le garçon arrivé. Debout, le Commandeur déserta le bar. Dès qu'il se retrouva au deuxième étage, il n'eut même pas le temps d'introduire la clef dans la serrure. Une voix féminine attira son attention. L'interpellation sortit de la bouche de la beauté fatale de tout à l'heure.

– Bonsoir mon cher monsieur ! dit-elle, d'entrée de jeu, d'une voix captivante.

– Bonsoir ! réagit timidement le Commandeur.

– Vous êtes à Gisenyi pour combien de temps ?

– Pourquoi voulez-vous le savoir ?

– Parce que ce n'est pas tous les jours qu'on rencontre un homme

---

[57] La bière.

charmant dans ce trou perdu qu'est devenue cette ville, dit-elle en un français impeccable.

— Je ne sais pas encore combien d'heures je passerai exactement au Rwanda. Mon séjour peut prendre deux jours, ou bien une semaine. Peut-être plus…

— On sera plus tranquille dans ma chambre.

— Vous n'habitez pas à Gisenyi ?

— Non. Comme vous, je ne suis que de passage.

— Jusqu'à quand ?

— Je n'en sais rien. J'attends mon fiancé qui est resté à Kigali. Il devait me rejoindre. Mais je n'ai pas de ses nouvelles depuis quatre jours.

Cicéron Boku Ngoi se rappela qu'il devait retrouver à Kigali, lui aussi, sa supposée épouse. Il fallait absolument éviter de se faire berner sur tous les plans, de la même façon que le voyageur avait raconté des bobards, dans l'Est du Zaïre, au phénoménal sergent Pole-Pole.

— Comment peut-on laisser une princesse, comme vous, sans nouvelle pendant quatre jours ? se plaignit presque le détective au service de la France.

— Je le soupçonne d'en profiter avec sa gourgandine.

— Il est peut-être retenu par quelques affaires, ou alors il a de petits ennuis avec les rebelles du FPR et non forcément avec sa maîtresse.

— Vous venez dans ma chambre ?

— Je vous rejoins dans une dizaine de minutes.

— Ne me faites pas attendre longtemps, s'il vous plaît !

— Juste deux ou trois bricoles à ranger, et je vous retrouve dans votre chambre.

Cicéron Boku Ngoi oublia qu'il avait pris, quelques minutes plus tôt, la résolution de rester constamment sur le qui-vive. Dès la première occasion, les bonnes intentions avaient cédé la place à la tentation.

– C'est la deuxième porte à droite, précisa la belle Rwandaise. N'oubliez pas.

– Vous pouvez être sûre que je ne louperai pas l'entrée du paradis, roucoula presque le détective.

– Il est en plus pavé, comme on dit, de bonnes intentions.

– J'espère bien.

Avant de tourner le dos, la Rwandaise toisa amoureusement son interlocuteur. Il fallait éveiller davantage les sens du mâle à peine appâté. Le décor venait d'être planté, préfigurant l'ambiance torride dans laquelle l'investigateur baignerait tout à l'heure. Seul un robot resterait insensible à un tel appel au plaisir. Quel attrait émanait de ce beau sexe ! Mystère de la nature ! Cicéron Boku Ngoi n'aurait guère accepté l'invitation de la fille, si elle n'avait pas évoqué la ville de Kigali. Sans conteste, au risque de s'exposer au danger, le détective voulut tirer profit de la présence d'une personne qui connaissait bien la capitale du Rwanda pour s'informer encore plus. Il s'agissait d'une occasion à ne pas manquer. Une telle opportunité ne se présenterait peut-être plus une seconde fois.

Après s'être douché et parfumé, le Commandeur mit des vêtements légers, glissa sa valise sous le lit et quitta la chambre. La porte fermée à double tour, à la fois heureux et excité, il s'orienta à grands pas en direction du couloir et finit par frapper à trois reprises à la porte de la pièce qui était occupée par l'allumeuse au cou de girafe. Cette dernière se présenta, moins de vingt secondes plus tard. Cicéron Boku Ngoi resta bouche bée devant le spectacle qui s'offrit à ses yeux, pétillant déjà à la seule idée de savoir qu'il allait très bientôt mettre ses reins à l'épreuve. La Rwandaise n'était plus du tout une girafe. La Sirène des Grands lacs était légèrement habillée. Elle ne portait que, pour tout vêtement, un soutien-gorge et une petite culotte. Beauté à l'état sauvage ! Elle se retourna pour mieux exhiber son beau derrière. Son arrière-train d'une douceur sans mollesse, d'une fermeté sans dureté, était sacrément bandant, donc athlétique. Une croupe à rendre dingue un moine, la stéatopygie ayant toujours fait l'objet, au-delà d'un quelconque phantasme très souvent non avoué, de beaucoup de débats sur la face cachée des fesses. De plus, entre stigmate de race et marqueur culturel, l'hypertrophie fessière des femmes africaines avait beaucoup alimenté les écrits et études des médecins français du XIXe siècle.

– Ne restez pas là.

– C'est-à-dire que…

– On dirait que vous avez affaire à un fantôme. Entrez donc, cher ami ! On sera mieux à l'intérieur.

Le détective, dont la capacité de réflexion et de réaction avait tout à coup faibli, franchit le seuil de la porte sans proférer un mot. Il était presque hypnotisé, voire ensorcelé. Cela avait franchement valu le coup de répondre par l'affirmative à la cavalière invitation de la Rwandaise, se dit en son for intérieur le mâle désarmé.

– On va être complètement à l'aise au lit.

– Vous trouvez ? réagit timidement le détective.

– On a besoin de se détendre, n'est-ce pas ?

La porte se referma. La Rwandaise se jeta aussitôt sur le beau gars, poussée par la passion fornicatrice. Elle se mit à lui mordre avec fougue l'oreille droite. Ainsi la Sirène se métamorphosa en tigresse. Le Commandeur n'eut pas le réflexe de la repousser. Il était subjugué, ou alors envoûté. Adoucie tout à coup, comme par enchantement, la dévoreuse séductrice dégrafa magistralement le soutien-gorge que, la sensualité dans le geste, elle laissa ensuite tomber en remuant les épaules avec nonchalance. Ses magnifiques seins montaient et des-cendaient, au rythme d'une respiration intelligemment orchestrée. Il fallait décoincer le brave homme surpris par la manière dont l'of-frande venait d'être faite.

Les partenaires se retrouvèrent au lit. Le Parisien d'adoption, ébloui par une telle merveille, commença à se mettre en condition. Constatant l'état dans lequel se trouvait le mâle conquis, la Rwandaise se mit à tripoter avec tendresse les bijoux de famille. Après avoir déshabillé entièrement l'étalon enfin en pleine forme, la Sirène des Grands Lacs l'embrassa partout: dans le coup, sur le bas-ventre… Une érection constante, et ils finirent par prendre la direction du septième ciel… Fatigués, les amants restèrent un instant inactifs, collés l'un contre l'autre. Ils avaient besoin de reprendre un peu de force à la suite de l'exercice très physique, riche en coups de reins et éjaculations, qui les avait occupés quelques minutes plus tôt. Finalement, la fille au français impeccable rompit le silence.

– Vous venez d'où ?

– Du Zaïre.

– Il faut croire qu'il n'y a pas de hasard dans la vie.

– Ah bon !

– Mon fiancé et moi, on compte effectivement se rendre là-bas.

– Qu'allez-vous faire au Zaïre ?

– On est forcés de s'enfuir, devant l'avancée spectaculaire du FPR. Les Tutsis vont sans doute massacrer tous les Hutus. C'est pour cette raison qu'on veut quitter le Rwanda par tous les moyens, et le plus vite possible.

– C'est vraiment triste !

– Et vous, qu'est-ce que vous êtes venu faire dans notre pays ?

– Juste le plaisir de faire une virée dans la capitale.

– Rwandaise ?

– Évidemment. Mon travail m'y oblige.

– Qu'est-ce que vous allez chercher à Kigali ?

– Quelques rencontres avec des éventuels partenaires. J'espère surtout prendre contact avec les autorités administratives qui sont chargées des affaires économiques.

– Je vous déconseille de vous rendre dans cette ville.

– Pourquoi ?

La belle Rwandaise expliqua à Cicéron Boku Ngoi qu'il ferait mieux d'abandonner son projet. De plus, en y faisant un saut, il risquait d'être la victime des rebelles du Front patriotique rwandais.

– Ils vont vous tuer, insista-t-elle.

– Ils ne sont pas encore arrivés à Kigali.

– Ça ne va pas tarder.

– Il faut que je sois impérativement dans cette ville avant leur arrivée. C'est très important pour moi. Mais dites donc, vous vous souciez sérieusement de ma vie.

– Vous m'êtes sympathique.

– Parlez-moi un peu de Kigali.

– C'est une ville comme tant d'autres, en Afrique et ailleurs. Avant de connaître mon fiancé, je passais une grande partie de mes nuits à danser. On ne consacrait la plupart de notre temps qu'à la bamboche.

– C'était la belle vie !

– Tout à fait. Je fréquentais, avec des copines, les meilleures discothèques de la capitale : *Chez Lando*, *Kigali Night Club*, *Roberto l'Horizon* et *Cosmos*.

– Étiez-vous à Kigali, lors de l'attentat contre l'avion du président Juvénal Habyarimana ?

– Oui.

– À votre avis, qui est à l'origine de cet assassinat ?

– Pour un étranger, vous êtes très intéressé par la vie politique rwandaise.

– S'il faut que j'investisse une grosse partie de ma fortune dans ce pays, je dois connaître la dimension politique à la fois locale et nationale.

– Quelles sont vos affaires ?

– L'import-export.

– Qu'est-ce que vous allez importer au Rwanda et qu'est-ce que vous comptez exporter ?

– Pour l'instant, je n'ai pas trouvé les produits appropriés. C'est pour cette raison que j'ai préféré venir sur place. Je dois me faire une idée précise de ce que je commercialiserai. Par contre, vous n'avez toujours pas répondu à ma question.

– Qui? Moi?

– Il n'y a que nous deux dans cette chambre.

– Sur quoi?

– Concernant l'assassinat des présidents Habyarimana et Ntaryamira.

– Vaste et dangereuse question!

Selon la Rwandaise, deux versions existaient à propos du crash qui était survenu non loin de la ferme de Kanombé. Pour les uns, c'étaient les militaires hutus, de la branche la plus cacique, qui avaient abattu l'avion du président Juvénal Habyarimana. En tout cas, dans les semaines qui suivirent l'attentat, plusieurs éléments posaient question sur l'attitude de la France. L'évacuation des ressortissants étrangers et des personnalités rwandaises était réalisée dans le cadre de l'opération *Amaryllis*. Le traitement accordé aux proches du président Habyarimana était plus favorable que celui réservé aux employés tutsis de l'ambassade. Il y avait donc deux poids deux mesures.

– Les militaires du FPR? chercha à savoir le détective.

– Oui, nos vaillants soldats. Ceux qui partagent la vision ethniciste du colonel Théoneste Bagosora.

– Et la seconde version?

– Ce sont des mercenaires blancs, probablement des Français, qui sont les auteurs de cet acte.

– D'après vous, mis à part les racontars, qui ont commis cet attentat? Qui sont les véritables auteurs?

– Je n'ai aucune idée. La politique, ce n'est pas ma tasse de thé. J'ai un conseil à vous donner.

– J'adore être conseillé, surtout en ce moment!

– Quand vous serez à Kigali, il ne faudra pas essayer d'interroger les gens sur le crash de l'avion présidentiel. Vous allez être pris pour un espion qui est au service des Hutus par les uns, et à la solde des Tutsis par les autres.

– Que signifie, à vrai dire, votre avertissement ? Que je finirai par être traqué à la fois par les éléments du FPR et par ceux des FAR ?

– Vous avez tout compris.

– Merci pour le conseil, ma chère amie dont j'ignore toujours le patronyme.

– Je m'appelle Justine Ingabiré.

CHAPITRE VIII

En se réveillant, dès potron-minet, Cicéron Boku Ngoi constata qu'il était seul dans la paisible chambre d'hôtel. Un coup d'œil dans la douche, ainsi qu'aux toilettes, lui apprit l'absence de sa partenaire d'une nuit. La fille avait préféré filer à l'anglaise, plutôt à la rwandaise, après avoir passé un moment agité, certes, mais en même temps merveilleux et gratifiant. Enfin prêt à déserter la pièce, le détective aperçut un mot laissé à son attention au-dessus de l'oreiller rectangulaire, discrètement et agréablement parfumé, sur lequel la belle Justine Ingabiré avait posé sa tête.

> *« Désolée, chéri, je suis obligée de partir ! Mon fiancé a téléphoné pendant que vous dormiez. Il se trouve à Ruhengeri. J'ai préféré quitter la chambre sans vous déranger. Je pars donc le rejoindre. Je suis sûre qu'on va se revoir au Zaïre. C'est vraiment dommage de se séparer de cette façon !*
> *» Votre Justine qui ne cesse de penser à vous ! »*

Ainsi Justine Ingabiré aimait-elle à la folie l'homme d'affaires zaïrois. Une femme qui venait de disparaître en tapinois, après avoir pris son plaisir pendant une partie de la nuit, ne pouvait qu'incarner un personnage cynique. Elle devait avoir un rôle précis à jouer, pas du tout désintéressé, dans l'épopée rwandaise de l'investigateur. Pour le compte de qui travaillait-elle au juste ? Qui avait intérêt à tirer les vers du nez du détective ? Sans doute pas ceux qui étaient en train de perdre le pouvoir. Et si cette fille était un agent du général Paul Kagamé ?

Le détective Ngoi comprit qu'il n'aurait pas les informations escomptées sur les manigances relatives au complot ayant abouti à l'attentat de Kigali. Au contraire, réalisa-t-il après cette aventure sans lendemain, il devait rester très prudent. Justine Ingabiré était peut-être au service soit des Forces armées rwandaises, soit du Front patriotique rwandais. En plus, pour se rendre au Zaïre à partir de Ruhengeri, il fallait passer par la ville de Gisenyi. Plus suspicieux encore, le supposé fiancé de la mystérieuse séductrice se trouvait dans une agglomération située non loin de la frontière ougandaise, le très sournois président Yoweri Kaguta Museveni étant le parrain du Front patriotique rwandais. Le bon sens aurait voulu qu'elle puisse attendre son pseudo-compagnon à Gisenyi afin de prendre ensemble la route vers le territoire zaïrois. La Rwandaise avait donc menti. Le seul aspect positif de cette offrande inexpliquée, mais inoubliable, c'était qu'elle lui avait permis de passer une agréable nuit. C'était déjà beaucoup. Il ne la remercierait jamais assez de lui avoir offert un si joli corps, peu importait le mobile. *Carpe diem !*

Le détective froissa le papier qui contenait le mot d'adieu, le transforma en boule blanche et le lança, tel un basketteur, dans la corbeille qui servait de poubelle. De retour dans la chambre qui lui avait été attribuée, il sortit sa valise de sous le lit et l'ouvrit. Rien ne manquait. Ensuite, il prit la douche. Se sentant présentable et en forme, il appuya sur le bouton qui se trouvait à côté de la lampe de chevet. Lorsque la voix à l'accent spécifiquement belgo-rwandais du chargé d'accueil se fit entendre, le Parisien d'adoption demanda qu'on lui serve le petit-déjeuner dans la chambre. Dix minutes plus tard, quelqu'un sonna. En deux temps trois mouvements, Cicéron Boku Ngoi ouvrit la porte. L'employé de l'hôtel se trouvait devant la porte, les mains tenant un plateau.

– Votre petit-déjeuner est prêt, patron !

L'investigateur s'effaça. Le serveur introduisit son corps filiforme dans la chambre. Il longea le couloir, puis il posa prestement le plateau sur la table basse. Avant de s'en aller, Cicéron Boku Ngoi lui adressa la parole.

– S'il vous plaît, pourriez-vous dire au gérant de préparer ma note ? Je pars bientôt. Je paierai en descendant.

– Je vais faire la commission.

*
* *

Lorsque Cicéron Boku Ngoi eut réglé la note, le gérant, un citoyen rwandais ayant grandi à Anvers, lui confia le courrier qui avait été déposé quelques minutes plus tôt à l'accueil à son attention. Ensuite, l'homme à l'accent susceptible de faire mourir de rire plus d'un quidam demanda au garçon de service de porter la valise qui était posée sur le parquet. Le bonhomme à la taille longiligne la trimballa jusqu'à l'endroit où était garée la Jeep de l'armée nationale zaïroise. Avant de prendre place dans le véhicule, le détective lui proposa le pourboire équivalant à un billet de vingt francs français[58] : soit, à l'époque, la coquette somme de cinq cent cinquante-deux francs rwandais. Il y avait donc de quoi nourrir une famille nombreuse pour une journée. L'employé de l'hôtel lui serra très fort la main au point de ne plus la lâcher, tellement il était ému.

– Que le bon Dieu soit avec vous, patron !

– De rien, mon frère. Tout travail mérite récompense.

– Il faut faire attention à vous, patron. La femme avec qui

---

[58] À peu près 3,04 euros.

vous avez passé la nuit est dangereuse.

– Ah bon !

– Elle travaille pour des gens très méchants.

– Qui sont ces personnes ?

– J'ai déjà beaucoup parlé.

– Merci infiniment d'avoir pensé à me prévenir. À l'avenir, je saurai à quoi m'en tenir.

Le conducteur, averti du danger qui le guettait, s'installa au volant et décacheta, sans attendre, l'enveloppe que l'on venait de lui passer. Il prit connaissance de l'invitation qui lui était faite par un citoyen français. L'initiateur de cette sollicitation, dont le patronyme figurait sur la liste du conseiller Maccioci, se trouvait à Ruhengeri. Le moteur mis en marche, le véhicule prit donc la direction de ladite ville alors qu'il aurait dû être orienté vers Kabaya. Il y croiserait peut-être celle qui portait, selon toute probabilité, la fausse identité de Justine Ingabiré. Cicéron Boku Ngoi devait parcourir à peu près soixante-trois kilomètres pour atteindre l'agglomération où était censé se trouver son hôte. Miracle de la nature, la voie était bitumée. Trente kilomètres plus loin, une patrouille des Forces armées rwandaises avait carrément barré la route. Un gringalet, emmitouflé dans une tenue militaire débraillée, fit signe au conducteur de garer la Jeep sur l'accotement. Son corps était décoré d'une chaîne, en forme de croix de Saint André, dont les balles constituaient les motifs. On distinguait aussi des grenades attachées un peu partout au dispositif à cartouches, une mitraillette sur l'épaule gauche et un fusil à la main droite – sans compter le couteau à cran et autres armes… Ce soldat de cirque ressemblait à une véritable armurerie ambulante ! Trois énergumènes, bardés d'armes et de munitions à l'instar de leur collègue, s'amenèrent et saluèrent militairement. On se serait cru en République du Zaïre de l'homme-léopard, le maréchal Mobutu Sese Seko.

– Tes papiers ! dit l'un d'eux.

Cicéron Boku Ngoi se conforma aux ordres qui venaient de lui être donnés. Il sortit le passeport et le confia au soldat qui lui adressa la parole. Ce dernier, après avoir observé de manière attentive le document qu'il tenait dans la main, le passa à son compagnon.

– Qu'est-ce qu'un Zaïrois vient faire au Rwanda, alors que tous les étrangers sont partis ?

– Se promener, reprit le détective avec calme.

– Vous êtes fou, ou quoi ? Les ennemis vont bientôt entrer dans Kigali. C'est une question de temps. Tout le monde fuit la capitale, et vous allez là-bas.

– Je ne comprends rien, mon…

– Caporal.

– De quels adversaires parlez-vous, caporal ?

– Je rêve ! Qui tu veux que ce soit ?

– Je ne connais pas bien le contexte en cours au Rwanda.

– Je parle des rebelles du FPR.

– C'est une affaire rwando-rwandaise. Je n'ai pas à m'en mêler.

– Les rebelles tutsis détestent les Hutus. Ils n'aiment pas, non plus, les Zaïrois et les Français.

– J'espère que vous n'allez quand même pas déplacer votre conflit jusqu'au Zaïre, caporal. Pouvez-vous me laisser poursuivre ma route ?

– C'est toi qui vois.

– C'est-à-dire ?

– Il faut comprendre.

– Soyez plus explicite, caporal. Ma liberté ne dépend que de ma compréhension ?

– Oui.

– Vous êtes en train de me faire savoir que, sauf incompréhension de ma part, je dois me montrer généreux pour obtenir le feu vert, n'est-ce pas ?

La réplique de Cicéron Boku Ngoi, très directe, énerva l'armurerie ambulante. Très furieux, le freluquet soldat rwandais donna un coup de pied à la roue avant de la Jeep, du côté du conducteur. Il se fit mal, mais il adopta une attitude guerrière, très stoïque, dans le but de dissimuler la douleur qui commençait à meurtrir son pied.

– T'es le complice des rebelles du FPR. Je sens que t'es leur agent.

– Arrêtez de dire n'importe quoi. Vous savez pertinemment que les rebelles du FPR haïssent les Zaïrois et les Français à cause de leur soutien à votre régime. Vous venez d'ailleurs d'y faire allusion, il n'y a même pas deux minutes. Si vous voulez de l'argent, dites-le-moi tout de suite, au lieu de tourner autour du pot. J'ai un long chemin à parcourir, et je n'ai pas de temps à perdre.

Gris à la fois de honte et de rage, mais aussi de douleur physique, le soldat à la personnalité quasiment effacée n'osa plus émettre le moindre mot. Néanmoins, le caporal pria l'inconscient chauffeur de la Jeep de le suivre de l'autre côté de la route. Cicéron Boku Ngoi flaira l'embrouille. La situation risquait de dégénérer. Il fallait montrer patte blanche.

– Pour quelle raison ? demanda le détective.

– Le général veut te parler.

– Où est-il ?

– Là-bas.

– Attendez un instant ! Il faut que je prenne ma valise.

– Ne t'inquiète pas, personne ne va la voler.

– Êtes-vous sûr de ce que vous venez de dire, caporal ?

– Il n'y a pas de voleurs parmi les hommes qui sont sous mon commandement.

Ce n'était pas du tout l'énigmatique général Paul Kagamé qu'il verrait tout à l'heure, se dit l'investigateur. En plus, il ne savait pas distinguer un Hutu d'un Tutsi. De toute façon, Cicéron Boku Ngoi n'avait guère le choix, en face d'un homme puissamment armé.

Ainsi s'exécuta-t-il. Il emboîta le pas au militaire à l'intégrité douteuse. Ce dernier le conduisit jusque dans une minuscule pièce d'une maison ayant sans doute appartenu à un notable local. Cette habitation était réquisitionnée sans le consentement du propriétaire. Située à proximité de la route nationale, elle servait, pendant le temps que durerait la halte, de Quartier Général provisoire aux militaires en pleine débandade. Constamment en fuite devant la progression des éléments du Front patriotique rwandais, les soldats des Forces armées rwandaises changeaient sans cesse de lieu de campement. L'armée nationale était sans arrêt mise en déroute, depuis le début des hostilités.

— Mon général, le Zaïrois est là ! dit l'homme de troupe, après avoir exécuté un salut militaire.

— Très bien, caporal.

Cet officier ne ressemblait pas du tout au giraffidé Paul Kagamé. Le caporal à la patte folle déserta, sur-le-champ, le bureau temporaire du général à la bedaine impressionnante. L'arrestation eut bien lieu, en fait, à la demande du haut gradé. Ce dernier était donc au courant de la présence de l'investigateur sur le sol rwandais.

— Tu peux t'asseoir, citoyen.

— Merci, mon général !

— C'est de plus en plus difficile de circuler en ce moment.

— Tout à fait.

— Vous allez où ?

— À Kigali.

— C'est dangereux de faire une virée dans la capitale.

— Je le sais.

— Et vous y allez quand même ?

— Il faut parfois prendre des risques, dans la vie.

— Pourquoi vous vous intéressez à cette ville ?

— Pour des raisons personnelles.

— Des affaires, hein ?

— Comment êtes-vous au courant, mon général ? Je n'ai rien dit à personne.

— Le Rwanda est un tout petit pays. Il paraît que vous êtes très intéressé par l'attentat qui a été commis contre l'avion de notre président.

La sueur se mit à dégouliner sur le visage du détective, qui ne put masquer son étonnement. Il eut la confirmation que la jolie créature de l'hôtel *Méridien Izuba*, la sublime Justine Ingabiré, agissait de connivence avec les militaires des Forces armées rwandaises. C'était l'information qu'avait voulu lui donner le garçon de service de cet hôtel de Gisenyi.

— Qui vous a parlé de ça ?

L'officier des Forces armées rwandaises s'esclaffa à gorge déployée, montrant *de facto* ses dents artistiquement agencées dans une bouche qui puait l'alcool et le tabac. Quelle pestilence ! Ah la mauvaise haleine !

— Que croyez-vous, cher ami ? Un général sans réseau d'informations ne peut pas gagner une guerre, finit par lâcher le gros bonhomme.

Entre-temps ce général, qui était soi-disant bien informé, battait piteusement en retraite face à l'invasion du territoire national par les hommes de Paul Kagamé.

— Vous avez raison, mon général. Mais il faut aussi tenir compte de la part de l'intox. Les faux tuyaux ont toujours permis d'induire l'adversaire en erreur. Vous avez dû apprendre ce stratagème à l'école militaire, me semble-t-il.

— Je ne suis pas né de la dernière pluie. Je sais faire la part des choses. Je ne suis pas général pour exceller en pitrerie.

— J'imagine.

– Pourquoi vous vous intéressez, alors, à la mort de notre président ?

– Cette mauvaise nouvelle a été très largement reprise par la presse tant zaïroise qu'internationale. En ma qualité de journaliste, et non d'homme d'affaires comme j'ai fait croire à votre informatrice, j'ai voulu écrire un article beaucoup plus détaillé sur cet accident. Je compte immortaliser le président Habyarimana.

– Vous êtes donc journaliste ! s'extasia le général véreux. Mais il fallait le dire, mon cher ami !

– On ne m'a pas du tout laissé l'occasion de le faire, mon général.

– Je peux voir votre carte de presse ?

Heureusement, Mupenzi Mutoto wa Weto était déjà intervenu. Le vice-consul avait tout prévu. On reconnaît certainement l'artiste à ses œuvres. Cicéron Boku Ngoi n'avait pas le choix. Il confia ledit document au général des Forces armées rwandaises. Ce dernier, après un coup d'œil jeté rapidement sur la carte de presse que l'on venait de lui présenter, la rendit à son propriétaire.

– J'espère que, citoyen journaliste, vous allez écrire quelques lignes sur ma modeste participation à votre enquête sur le catastrophique événement qui s'est produit à Kigali.

– Sans aucun doute, mon général. Il me semble que votre contribution ne pourra qu'être irremplaçable. Il va falloir que vous témoigniez et posiez pour la postérité. Les photos renforceront encore plus les thèmes que j'aborderai. Les images perleront d'elles-mêmes, mieux que le texte.

– Quand vous voulez. Je suis prêt à entrer, par la grande porte, dans l'histoire de la région des Grands Lacs.

– Il faut que j'aille chercher mon appareil photo.

– Au fait, citoyen journaliste ! C'est un véhicule de l'armée nationale zaïroise que vous conduisez, non ? Je me trompe peut-être, mais la ressemblance est impressionnante.

– Vous n'êtes pas dans l'erreur. C'est bel et bien un véhicule des FAZ[59].

– Comment ça fait ?

– Mon oncle, c'est le général qui est chargé de la sécurité militaire des villes de Bukavu et de Goma.

– Dans le Kivu ?

– C'est ça.

– Ce n'est pas vrai !

Cicéron Boku Ngoi devança la pensée du général rwandais. L'objectif premier de cet officier, c'était de se rendre en République du Zaïre pour s'y réfugier. Il était donc un vrai froussard. À voir seulement la grosseur de son ventre, pour un militaire, on avait vite fait le rapprochement avec son côté à la fois pétochard et arnaqueur. Un tel margoulin était responsable d'un bataillon entier, lequel était censé participer de manière efficace à la défense du territoire national ! Quelle bêtise impensable !

– C'est la stricte vérité, répliqua avec calme le pseudo-journaliste.

– Je sens qu'on va très bien s'entendre, tous les deux.

– J'ai la même impression, moi aussi.

– Sergent ! aboya presque le général.

Un militaire, pesant au plus cinquante kilos, fit irruption dans le bureau du général à la bedaine impressionnante. À côté du gros primate, qui trônait en face, le nouveau venu paraissait davantage maigrichon.

– Accompagne notre précieux ami journaliste jusqu'à sa Jeep. Il faut surtout dire aux autres de ne pas toucher à ses bagages.

– À vos ordres, mon général !

*

* *

---

[59] Forces armées zaïroises.

Cicéron Boku Ngoi et l'homme de troupe revinrent quelques instants plus tard. Le général des Forces armées rwandaises, sourire forcé aux lèvres, ressemblait de plus en plus à un gorille des montagnes déguisé en soldat. On aurait dit le roi Louis dans *Le livre de la jungle*. Il leva ses grosses fesses du fauteuil et se mit à poser. Le stratège militaire se prêta, avec une passion démesurée, au jeu du mannequinat. Le photographe n'hésita pas à le mitrailler à plusieurs reprises, sous différents champs focaux. À la fin de la séance, l'officier des Forces armées rwandaises en pleine déliquescence sortit une bouteille de *divayi*[60] du tiroir d'une armoire qui trônait non loin de là. Le général remplit deux verres. Gardant l'un des contenants pour lui, il tendit l'autre à l'individu qui s'était fait passer pour un journaliste.

– On boit un coup à notre célébrité, mon ami zaïrois ! brailla-t-il.

– À la vôtre, réagit le Commandeur.

Un quart d'heure plus tard, Cicéron Boku Ngoi fit comprendre à son hôte, par obligation, qu'il devait absolument reprendre la route.

– J'ai une faveur à vous demander, mon cher citoyen journaliste.

– Je vous écoute, mon général.

– Est-ce que vous pouvez me recommander auprès de votre oncle de Goma, ou de Bukavu ?

– Je n'y vois aucun inconvénient, mon général. Mais, pas avant de m'avoir confirmé une chose.

– Quelle chose ?

– Qui vous a mis au courant de mes projets ?

– Ne soyez pas naïf, mon pauvre monsieur. C'est la charmante fille avec qui vous avez couché à l'hôtel *Méridien Izuba*, à Gisenyi. Elle fait partie de mes indicatrices.

– Je m'en doutais, mon général. Je voulais seulement en avoir la confirmation. Vous êtes très efficace. Trop fort !

– Tout le monde me le dit.

– Puis-je avoir du papier et un stylo ?

---

[60] Le vin.

Tel un gamin, le général aux apparences ubuesques se jeta sur la commode. Il faillit démolir le meuble dont il tira l'un des tiroirs, tellement il était lourdaud. Il en sortit un carnet et une écritoire qu'il tendit au soi-disant journaliste.

– Tenez, mon cher ami zaïrois.

Cicéron Boku Ngoi griffonna quelques mots. Ensuite, il confia la bafouille au général d'opérette. Ce dernier plia soigneusement la missive, la mit dans une enveloppe et glissa le tout dans la poche de sa chemise.

– Je vous souhaite de faire une bonne route. Il faut surtout vous méfier des femmes. Elles vont raconter vos projets à tout le monde en très peu de temps.

– Je prends toujours au sérieux les conseils de mes amis.

– Alors un dernier conseil, mon cher ami. N'allez pas jusqu'à Ruhengeri.

– Pourquoi ?

– Vous ferez un très long détour pour rien.

– Comment ça ?

– L'invitation que vous avez reçue à l'accueil de l'hôtel *Méridien Izuba*, à Gisenyi, n'était que pure invention. Elle n'a consisté qu'à vous conduire jusqu'à moi. Vous devez poursuivre votre route, en prenant plus haut à droite la direction de Busengo. De cette ville, vous vous dirigerez vers Rushashi et prendrez ensuite la route de Murambi pour vous rendre directement à Kigali.

– Ravi d'avoir fait votre connaissance.

– Moi aussi. Au plaisir de vous revoir au Zaïre, monsieur le journaliste.

– Au revoir, mon général !

Après avoir déserté le bureau qu'occupait le gros général et avant de quitter la maison qui servait de Quartier Général aux militaires des Forces armées rwandaises, qui étaient presque devenus des membres d'une horde sauvage, Cicéron Boku Ngoi jeta un coup d'œil, à travers une porte entrouverte. Il aperçut des corps mutilés entassés dans un coin d'une pièce située à côté de l'entrée principale.

— Qui sont ces gens ? demanda-t-il au militaire qui avait la charge de l'accompagnement.

— Des traîtres. Ce sont des *inyenzi*[61].

— Ils sont quasiment mourants.

— La douleur des autres est supportable, résuma le soldat.

— Est-ce un vieux proverbe rwandais ?

— Vous êtes très cultivé, citoyen journaliste.

*
* *

S'apprêtant à mettre le moteur de la Jeep en marche, le conducteur vérifia le contenu de sa valise. Rien ne manquait. Il avait peur d'être victime d'un vol de la part des hommes du général ventripotent. Par chance, cela n'était pas le cas. Ces vauriens obéissaient, apparemment, à l'officier. Ce dernier avait la capacité de les mener, fallait-il croire, au doigt et à l'œil.

Un boucan se fit entendre, juste au moment où Cicéron Boku Ngoi mit le contact. Les militaires des Forces armées rwandaises détalèrent comme des lapins. Ils prirent la poudre d'escampette, en criant en kinyarwanda. En réalité, la roue d'une guimbarde, laquelle avait emprunté la route nationale, venait d'éclater. Les soldats, croyant avoir affaire aux éléments du Front patriotique rwandais, prirent la tangente. C'était le gag ! Et dire qu'ils se prenaient pour des vaillants combattants ! Ce n'était pas du tout surprenant que les rebelles tutsis eussent repris avec facilité quelques territoires, jadis sous le contrôle de l'armée officielle. Il suffisait de tirer en l'air pour faire disperser, dans la nature, plusieurs bataillons de l'armée officielle. C'était la honte nationale ! Beaucoup de choses étaient à revoir sur le plan

---

[61] Cafards en kinyarwanda.

militaire au Rwanda en particulier, et en Afrique en général. Pour l'intérêt de ce continent, les Africains auraient dû faire évoluer les mentalités depuis l'accession de leurs pays respectifs à l'indépendance, plus précisément à la reconnaissance internationale. Faisant comme si de rien n'était, le détective reprit la route. Les situations les plus complexes, voire les plus dangereuses, l'attendaient à Kigali.

CHAPITRE IX

À la suite d'un long parcours sous le climat capricieux du pays des mille collines, la Jeep de l'armée nationale zaïroise entra enfin dans la ville de Kigali, dont les rues étaient désertes. Elle passa devant la prison centrale, longea la rue de l'Épargne, remonta le boulevard de la Paix et dépassa le bâtiment de la poste. Le chauffeur l'engagea légèrement vers la droite. Le véhicule contourna ensuite la place de la Constitution, puis il s'immobilisa dans le parking de l'hôtel des *Mille collines*. Le conducteur trimballa ses bagages jusqu'à l'accueil où il remplit les formalités appropriées. On lui attribua, un quart d'heure plus tard, une chambre climatisée au deuxième étage avec une vue splendide sur la piscine.

L'hôtel des *Mille collines* était un complexe de cent douze chambres, lequel disposait d'un bar. Beaucoup de touristes se retrouvaient dans cet espace pour prendre un verre ou un café avant une randonnée, ou de retour d'une visite à travers le pays. Une boutique, ainsi qu'une piscine mal entretenue, sortait cet établissement hôtelier de l'ordinaire.

Après avoir rangé ses affaires dans l'armoire qui se dressait en face d'un lit pour deux personnes, Cicéron Boku Ngoi déserta la chambre. Le voyageur voulut se dégourdir un peu les jambes. Il descendit les marches à grand pas et se dirigea, une fois au rez-de-chaussée, vers le restaurant où il s'installa. Le serveur se présenta sans tarder.

– Qu'est-ce que vous voulez consommer, patron ?

– Avant tout autre chose, servez-moi un *umutobe w'amacunga*[62]. Je la souhaite bien fraîche, s'il vous plaît !

– D'accord, patron ! Je vous l'apporte tout de suite.

– Parfait !

Une fois le serveur parti, Cicéron Boku Ngoi se mit derechef à consulter la carte. Excepté les plats typiquement africains, la nourriture était pareille, à une nuance près, que celle qu'il avait l'habitude de consommer en Europe. Tant qu'à faire, il fallait opter pour les mets locaux. Cela lui éviterait de mourir idiot. Le garçon de service revint et servit à boire au client, qui en profita pour commander le plat de résistance.

– J'aimerais manger de l'*umutsima*, s'il vous plaît !

Pâte composée de banane, de courge ou de feuilles vertes, l'*umutsima* accompagnerait un plat de viande.

– Avec ça ? demanda le serveur.

– J'avoue que je n'en sais rien.

– Je peux vous faire une suggestion ?

– Pourquoi pas.

– Je vous conseille d'ajouter, comme choix, des *ifriti*[63] ou de l'*umuceri*[64].

– Je préfère du riz, s'il vous plaît !

– Comme boisson ?

– Je prendrai du *divayi*.

– Vous êtes étranger ?

---

[62] Le jus d'orange.

[63] Des frites.

[64] Du riz.

– C'est à cause de mon drôle d'accent que vous posez cette question, cher monsieur ?

– Non. C'est parce que vous êtes très poli.

– Ah, bon !

– Les gens m'engueulent quand ils commandent quelque chose. Ce n'est pas votre cas.

À la fin du repas, Cicéron Boku Ngoi eut envie de marcher dans les parages, juste pour découvrir le quartier. Au moment où il quitta l'hôtel, il aperçut un type d'une trentaine de berges qui tournait en rond à proximité de la Jeep de l'armée nationale zaïroise. Le bonhomme, en proie au désœuvrement dû à l'oisiveté, devait s'ennuyer. Trois autres individus, d'une vingtaine d'années, étaient carrément assis sur le capot de l'automobile. Le détective leur fit comprendre, en français, qu'ils n'avaient pas le droit de poser avec négligence leurs fesses sur l'automobile.

– Va voir ailleurs si on y est, lâcha sèchement l'un d'eux.

– C'est mon véhicule, les gars.

Cicéron Boku Ngoi reçut de la part de son interlocuteur, en guise de réponse, un coup de poing en plein visage. Les deux autres garnements ne restèrent pas inactifs. Ils se jetèrent sur le Zaïrois. La bagarre s'engagea entre les quatre hommes. C'était du trois contre un. L'individu, qui poireautait à quelques mètres de la Jeep, choisit ce moment pour intervenir. Volant au secours du détective, il se mit à cogner sur les agresseurs comme un forcené. Ces voyous finirent par prendre les pieds par le coup, laissant la victime en compagnie de l'inconnu. Essoufflé, Cicéron Boku Ngoi se tenait les côtes. Il s'adressa à son sauveur.

– Merci… beaucoup… cher monsieur ! Sans votre… intervention, j'avais… peu de… chance de m'en… sortir… indemne.

Mais le gaillard ne donna pas suite aux propos de l'investigateur, dont les poumons étaient en feu à cause de l'effort fourni. Son mutisme provoqua encore plus de curiosité chez Cicéron Boku Ngoi.

– Vous parlez le français, ne serait-ce qu'un tout petit peu ? poursuivit le citoyen zaïrois.

Aucun mot ne sortit de la bouche du citoyen rwandais. Ce dernier était en réalité victime de la dure réalité migratoire non désirée, dont avaient fait l'objet la plupart des habitants de Kigali et des environs. Le Commandeur se dit que cette indifférence était peut-être due à un banal problème de langue. À force de voyager, on finirait un jour par être confronté à la barrière linguistique. Le détective devait donc baragouiner quelque chose en kinyarwanda pour se faire comprendre de celui à qui il devait la vie, sauf si son interlocuteur était à la fois sourd et muet. Après tout, pourquoi ne pas lui demander des renseignements sur le trajet à parcourir jusqu'à l'aéroport ? L'occasion devait bien faire le larron.

– *Ndashaka kujyai aéroport ?*[65]

L'accent de l'enquêteur et sa corpulence, plus costaude que la majorité des Rwandais, confirmèrent qu'il n'était pas du tout un autochtone.

– Pourquoi ne pas parler le français comme tout le monde, monsieur ? questionna soudain celui que l'investigateur avait pris pour un sourd-muet.

– Vous comprenez la langue française ?

– Comme septante pour cent des Rwandais. Vous voulez vous rendre à l'aéroport, si j'ai bien compris ?

– En effet.

– Je vais avoir du mal, à partir d'ici, à vous expliquer comment y aller.

---

[65] J'aimerais me rendre à l'aéroport.

– Si vous n'avez rien de particulier à faire, vous pouvez m'accompagner.

– D'accord.

– Merci beaucoup de m'avoir secouru !

– De rien.

– Qui sont ces hommes qui m'ont agressé ?

– Je ne les connais pas. Ils avaient peut-être un compte à régler avec vous.

– Pour quelle raison ? Je viens à peine d'arriver.

Cicéron Boku Ngoi fournit un effort quasiment surhumain. Surmontant les douleurs qui lui brûlaient les différentes parties du corps, le détective monta à bord de la Jeep, achetée au marché noir dans l'Est du Zaïre, et pria son sauveur de prendre place sur le siège du passager. Le conducteur démarra en trombe, au bout de quelques secondes.

Il fallait emprunter dans le sens contraire le chemin parcouru en arrivant à Kigali, cette ville du Rwanda étant située au centre du pays. À peu près trois cent soixante-dix mille habitants y vivaient avant la poussée phénoménale du Front patriotique rwandais, sous le commandement du général Paul Kagamé. Le Commandeur se trouvait à cent trente-neuf kilomètres de Kibuye, au Sud-Est du lac Kivu. Les restaurants foisonnaient dans la capitale rwandaise, surtout dans les grands hôtels, lesquels étaient nombreux : la *Sierra*, le *Tam-tam*, *Umuco*, *Nino*, *Chez David*, la *Gare routière*, le *Petit Kigali*, la *Taverne*, le *Baobab*… Ces établissements étaient quasiment vides. En tout cas, il n'y avait personne dans les rues de Kigali pourtant habituellement bondées de monde. Cicéron Boku Ngoi eut l'impression que cette ville ressemblait à un lieu fantomatique. La plupart des maisons étaient désertées. Les gens avaient préféré partir, avant l'arrivée des rebelles du Front patriotique rwandais. Des chiens et des chats erraient dans les rues, tels des âmes en peine.

Un peu plus loin, le conducteur faillit écraser un bras abandonné en pleine voie. C'était incroyable, voire horrible !

– Personne n'a pensé à l'enlever ? s'énerva le détective, tout en modifiant la trajectoire du véhicule pour éviter de rouler dessus.

– Les gens en ont marre de débarrasser les rues des restes de corps humains. Les chiens errants vont s'en charger.

– Ils sont habitués à cette exposition macabre ?

– On vient de faire la même chose que tout le monde.

– À savoir ?

– On ne s'est pas donné la peine de s'arrêter pour ramasser ce bras.

En effet, la morbidité du spectacle qui s'offrait au commun des mortels, surtout en plein air, ne glorifiait pas le comportement humain.

– Au fait, comment vous appelez-vous ? demanda le conducteur dans le but de changer de sujet.

– Faustin Ntagabatwaré, répondit le Rwandais.

– Moi, c'est Cicéron Boku Ngoi. Je suis, comme on disait à une certaine époque, un commis voyageur. Je m'intéresse surtout aux occupations ou préoccupations de la jeunesse rwandaise, dans la conjoncture actuelle.

– Je suis un exemple concret de cette jeunesse désœuvrée. Je me débrouille en fonction des circonstances. Il n'y a presque rien en matière d'emploi dans ce pays. Je sers de guide de temps en temps pour gagner ma vie. L'économie rwandaise est en panne, c'est la crise totale. Je n'ai pas mangé régulièrement depuis le début des affrontements.

– C'est aussi ça la vie, mon vieux ! On ne peut que composer avec la nouvelle donne, surtout quand celle-ci est dure.

– Vous êtes de quel pays ? s'intéressa le nommé Faustin Ntagabatwaré.

– Je suis Zaïrois.

– BMW[66] ?

– Si vous voulez.

– J'aime beaucoup la musique et les femmes zaïroises. Ils vivent comment, les jeunes de Kinshasa ?

– Je suis incapable de répondre à votre question. Je passe une grande partie de mon existence hors de mon pays, étant souvent à Paris.

– En France ?

– Oui.

– Vous avez de la chance !

– Je le sais, Faustin.

Faustin Ntagabatwaré changea de sujet. Il fit comprendre à Cicéron Boku Ngoi, s'agissant de leur destination, que l'aéroport international Grégoire Kayibanda était fermé jusqu'à nouvel ordre. Par conséquent, ils ne pouvaient y avoir accès.

– Nous allons précisément au camp de Kanombé, expliqua l'investigateur. À ma connaissance, il jouxte l'aéroport.

– Exactement. Je connais très bien ce camp. Le président Juvénal Habyarimana habitait là-bas. Sans discrétion, vous allez voir qui ?

– Je rends visite au commandant Saint-André de Lidon.

– Je sais où est sa maison.

– Vous connaissez le commandant ?

– C'est le Français le plus populaire du Rwanda. Pourquoi vous voulez le voir ? Je croyais que vous ne connaissiez personne à Kigali.

– Êtes-vous Hutu ou Tutsi ? demanda le conducteur.

– Vous vous méfiez de moi, hein ?

Le Zaïrois apprit à Faustin Ntagabatwaré qu'il se fichait complètement de son appartenance ethnique. Mais que le contexte, en

---

[66] Beer, music and women (Bière, musique et femmes en anglais), les Zaïrois ayant la réputation d'être de grands épicuriens.

cours au pays des mille collines, l'obligeait à rester prudent dans tout ce qu'il entreprenait.

— Mettez-vous à ma place, poursuivit l'investigateur. Si entre Rwandais vous n'arrêtez de vous soupçonner les uns les autres, il n'y a pas de raison que j'adopte une autre attitude. Mes projets à Kigali dépendent de mes interlocuteurs.

— Je comprends bien le sens de votre question.

— C'est normal que je sois un peu sur mes gardes.

— Je ne vais pas vous en vouloir à cause de ça. Sachez que je suis fifty-fifty, comme disent les anglophones.

— À moitié Hutu, et à moitié Tutsi ?

— Tout à fait.

Le Commandeur réalisa que, à travers cette réponse mi-figue mi-raisin, semblable à celle d'un jésuite, le citoyen rwandais essaya de botter superbement en touche le sujet abordé. Au Rwanda, fallait-il comprendre, tout était généralement basé sur le mensonge. La prudence ne devait peut-être pas être exclue.

— Comment se fait-il que vous ne soyez pas parti ? se renseigna l'enquêteur.

— Mon avenir est à Kigali. Ça ne sert parfois à rien de fuir les problèmes. Je n'ai pas envie de repartir de zéro dans un pays étranger.

— Vous avez pris une très sage décision, Faustin.

— Ça me fait plaisir de vous entendre dire ça.

— Je sais très bien que vous êtes quelqu'un de très intelligent. Même en vous connaissant à peine, mentit à son tour le Zaïrois, j'ai pleinement confiance en vous. Pourtant, je ne dois pas me comporter de la sorte. Mais, dans mon métier, on se fie souvent au sixième sens.

— Qu'est-ce que vous faites dans la vie ?

— Je suis détective privé.

— C'est passionnant !

Cicéron Boku Ngoi prit enfin la résolution de se jeter à l'eau, en dépit de l'énigmatique attitude de son accompagnateur. Il devait prendre le risque, s'il voulait avancer dans son investigation. C'était le seul choix qui, à cet instant, se présentait à lui. Il fallait bien qu'il ait ses propres informateurs locaux, au lieu de faire tout le temps confiance aux Européens qui allaient peut-être le mener en bateau au gré de leurs intérêts. Un investigateur digne de cette dénomination se devait non seulement d'être autonome, mais surtout de savoir assurer ses arrières.

— Mon séjour à Kigali a un lien direct avec l'attentat qui a été commis contre l'avion du président Juvénal Habyarimana. Promettez-moi de garder ce secret pour vous.

— Vous avez ma parole de Bantou, et bénéficiez à la même occasion du culte du secret des Nilotiques.

— Vous pouvez m'appeler par mon prénom. Mieux encore, nous pouvons nous tutoyer. Ça sera plus convivial.

— Ça ne me dérange pas, Cicéron. Prends à gauche, s'il te plaît !

— À tes ordres !

— Suis la route de Byumba.

— Entendu.

— On va arriver dans quelques minutes.

— À propos des conséquences de l'assassinat du président Juvénal Habyarimana, qu'est-ce qui se dit à travers la ville ?

— On ne sait pas grand-chose sur cet attentat. D'après les enquêtes qui ont été menées au Rwanda, mais aussi dans beaucoup de pays d'Afrique de l'Est et en Europe, c'est le FPR qui est responsable du génocide.

— Pourtant, le FPR n'est composé que des Tutsis.

— Il faut bien trouver un prétexte crédible pour légitimer des assassinats et justifier la prise du pouvoir par les armes.

— Je n'ai pas envisagé la situation sous cet aspect.

Effectivement, en l'absence de preuves matérielles, une centaine de témoignages ayant été recueillis au Rwanda abondaient dans ce sens. Comment Faustin Ntagabatwaré avait-il appris cela ? Telle fut la question qui tarauda un instant l'esprit du détective. Ces principaux acteurs faisaient partie intégrante, mine de rien, d'un conglomérat de menteurs bien structuré.

— À Kigali, dit le Rwandais, les femmes sont au courant de pas mal de choses. Elles sont les meilleures informatrices.

— Je m'en suis rendu compte, commenta Cicéron en rigolant. Figure-toi que je me suis déjà fait avoir, pas plus tard que la nuit dernière, par l'une d'elles.

— Il faut s'engager tout de suite à gauche.

Quelques mètres plus loin, ils virent un panneau portant l'inscription *Camp de Kanombé*. Le véhicule de l'armée nationale zaïroise s'arrêta devant une barrière. Un militaire à la peau très foncée, qui montait la garde à partir d'un bâtiment construit juste à côté de l'entrée principale, les interrogea. Il y avait de l'agressivité dans sa voix.

— Vous allez où ?

— Nous nous rendons chez le commandant Philippe Saint-André de Lidon, reprit le détective.

— Le commandant est au courant de votre visite ?

— Non. Je viens juste d'arriver à Kigali. Je n'ai pas eu le temps de le prévenir.

— Je dois annoncer qui ?

— Hyacinthe de Bergerac.

— C'est un nom français.

— Je suis un Gaulois de la marée noire, sergent.

— Plaisanterie mise à part, je peux voir vos papiers, s'il vous plaît ?

— Bien entendu, répondit le Commandeur.

Le conducteur passa au gardien du camp le passeport à la couverture rouge, document qui lui avait été délivré par les autorités françaises. Faustin Ntagabatwaré en fit de même, avec sa carte d'identité rwandaise.

— Attendez un instant, réagit l'homme en uniforme.

De toute évidence, Faustin Ntagabatwaré ne comprit rien. Le Rwandais pensait rouler en compagnie d'un ressortissant zaïrois prénommé Cicéron Boku Ngoi, il venait à peine d'apprendre qu'il se trouvait avec un citoyen français nommé Hyacinthe de Bergerac. Le militaire qui montait la garde se manifesta, après avoir eu l'officier de gendarmerie au bout du fil.

— Le commandant vous attend, monsieur De Bergerac ! Il faut prendre la troisième allée à droite, ensuite c'est la grande baraque tout au bout.

— Merci pour le renseignement ! s'exprima joyeusement le visiteur.

Cicéron Boku Ngoi remit le moteur en marche. Le véhicule roula lentement pour ne pas rater la voie où habitait le célèbre commandant.

— Tu as menti au militaire, tout à l'heure ? intervint Faustin Ntagabatwaré.

— Non.

— Pourquoi tu lui as fait croire que tu t'appelais Hyacinthe, je ne sais plus comment déjà…

— Hyacinthe de Bergerac.

— Oui, c'est ça.

— Je lui ai dit la vérité. Le passeport que je lui ai présenté porte bel et bien ce patronyme.

— Comment ça se fait ?

— Quand je travaille pour la France, je dispose d'un passeport français et d'un nom d'emprunt.

— Tu es donc une sorte d'espion ?

— Si tu veux.

Le commandant Philippe Saint-André de Lidon attendait, sur le perron de la villa qu'il occupait, les visiteurs que l'on venait de lui annoncer. Il trimballa son corps massif vers la Jeep de l'armée nationale zaïroise, après que le conducteur eut freiné.

– C'est bien vous monsieur De Bergerac ?

– Oui, répondit le détective.

– Que me vaut cette visite inattendue ?

– Je viens exprès de France, plus précisément de Paris, dans le seul but de m'entretenir avec vous, dit le Commandeur en désertant le véhicule.

– À propos de quoi ?

– De l'événement du mois.

– Du crash ?

– En effet. De l'attentat contre l'avion du président Juvénal Habyarimana.

– Veuillez me suivre dans mon bureau, nous y serons à l'abri de toute oreille indiscrète.

Une fois les visiteurs installés, le commandant Philippe Saint-André de Lidon leur proposa un breuvage. Faustin Ntagabatwaré opta pour la bière et le détective eut un faible pour le cognac. L'officier de gendarmerie était de souche charentaise. Par conséquent, il fit le choix identique à celui de son compatriote d'adoption.

– Qui vous envoie ?

– Je viens de la part du Palais de l'Élysée.

– En quoi puis-je vous être utile ?

– En plusieurs choses.

– De quelle preuve disposez-vous, concernant la recommandation élyséenne ?

– De ma bonne foi.

– Elle ne suffit malheureusement pas à justifier la crédibilité de vos propos. Il me faut plus que ça. N'importe quel aventurier peut évoquer la sincérité pour obtenir des informations confidentielles.

– Je suppose que vous disposez d'un réseau efficace, capable de démasquer un imposteur.

– Une éventualité à ne pas exclure.

– Dans ce cas, je vous prie de contacter vos agents pour vérifier mes dires.

– C'est ce que je compte faire.

– Je ne demande que ça.

L'officier de gendarmerie s'extirpa de son fauteuil, s'excusa auprès de ses interlocuteurs et déserta le bureau. Une fois dans la pièce voisine, il sortit un petit appareil et composa un numéro.

– Bonsoir, Votre Excellence ! Veuillez m'excuser de vous déranger à votre domicile, à une heure tardive.

– Que se passe-t-il, commandant ?

– Il y a un individu à mon domicile qui s'intéresse aux renseignements à propos du crash de l'avion présidentiel.

– Pour qui travaille-t-il ?

– Il paraît qu'il est recommandé par la présidence de la République.

– La République rwandaise ?

– Non, française.

– Comment se nomme-t-il ?

– Hyacinthe de Bergerac. C'est qu'il prétend.

– Je suis au courant de son séjour à Kigali.

– Mais, j'ai comme l'impression que quelque chose ne tient pas la route.

– Quoi donc ?

– À mon avis, ce type a usurpé la vraie identité de l'envoyé de l'Élysée. C'est un imposteur.

– Qu'est-ce qui vous fait dire ça, commandant ?

– La couleur de sa peau.

– Il s'agit d'un Noir, n'est-ce pas ?

– Comment le savez-vous ?

– Je suis en possession de la photo du Commandeur.

– Commandeur ! Parce qu'il est l'un des hauts dignitaires de la Légion d'honneur ?

– Affirmatif. Pour votre information, commandant, la noblesse française n'a plus de frontières précises. Elle s'est mondialisée.

– Encore une fois, Votre Excellence, je suis navré de vous avoir dérangé.

– Je vous en prie.

– Merci d'avoir éclairé ma lanterne !

– Le Commandeur est un homme très influent.

– Passez une très bonne soirée, Excellence !

Le commandant Philippe Saint-André de Lidon, qui résidait à l'intérieur même du camp de Kanombé, se trouvait sur le site du crash dans les minutes qui suivirent l'attentat contre les présidents du Rwanda et du Burundi. Il s'agissait d'un gendarme du département français d'assistance militaire à l'instruction, communément appelé le Dami. Quand il eut réintégré la pièce où l'attendaient le détective et le Rwandais, l'officier s'installa dans le fauteuil qui était resté vacant.

– Vous avez dit la vérité, Commandeur !

– Commandant, il n'est pas dans mes habitudes de raconter des boniments.

– Comprenez mon attitude. Je suis obligé de vérifier la moindre information, avant de me confier à qui que ce soit. Qu'attendez-vous de moi ?

– Quelques renseignements sur ce qui est arrivé réellement à l'avion du président Juvénal Habyarimana.

– Pouvez-vous être plus précis ?

– Je suppose que vous faites partie des témoins oculaires ?

– En quelque sorte.

– J'aimerais seulement savoir ce que vous avez trouvé dans les débris de l'épave.

– Je peux parler devant lui ? questionna le commandant, en désignant Faustin Ntagabatwaré du doigt.

– Bien sûr. Il est mon assistant.

– D'accord. Je n'ai rien récupéré, précisa l'officier.

Le bougon commandant Philippe Saint-André de Lidon apprit dans la foulée à l'investigateur venu de Paris, via la République du Zaïre, qu'il n'y avait dans le cockpit ni enregistreur de voix, ni enregistreur de paramètres de vol.

– Plus précisément ?

– Je fais allusion à l'appareil qui contient des informations sur l'altitude, la vitesse, le fonctionnement des réacteurs… Il n'y avait donc rien qui correspondait à ce que tout le monde désigne sous l'appellation « boîte noire ».

Une boîte noire est un dispositif situé dans un avion. Elle enregistre des informations liées au vol, dont l'analyse aide à déterminer les causes d'un incident ou d'un accident. Du point de vue initial, le concept de « boîte noire » renvoie à un objet étudié par la façon dont il communique et interagit avec l'extérieur. L'enregistrement des données de vol correspondrait à l'idée de l'appareil étudié en tant que « boîte noire », mais la désignation de l'appareil enregistreur comme étant une « boîte noire » n'est plus compatible avec l'acceptation théorique du concept.

– Ce sont surtout ces « boîtes » qui m'intéressent, mon commandant.

– Je ne sais rien concernant les « boîtes noires ».

– Pourtant, une mission a été confiée trois jours plus tard, c'est-à-dire dans la matinée du dimanche 10 avril, à un commando militaire français qui était reparti sur le site.

– Commandeur, sachez que c'était moi le responsable de ce

détachement.

– Je ne l'ignore pas.

– Cette unité devait récupérer en priorité les corps des trois membres de l'équipage qui ont péri dans l'attentat. Le ministre de la Coopération, un ancien de la DGSE, a décroché personnellement à trois reprises le téléphone pour me demander de rassembler au plus vite les restes des corps de nos concitoyens qui étaient entassés dans des sacs en plastique. En plus, il fallait évacuer plus de quatre cents Français de cette capitale qui était à feu et à sang.

– Vous avez donc préféré accorder la priorité à la demande du ministre, au lieu de vous consacrer à la recherche des « boîtes noires ».

– Exact.

– Que savez-vous, alors, de l'arme du crime ?

– Elle reste inconnue.

– Comment ça ?

– Nous tablons notre raisonnement sur une seule hypothèse. Il pourrait être question d'un missile épaulé à guidage infrarouge, du type *tire et oublie*. On suppose que c'est une telle arme qui a abattu l'avion. Sur le site du crash, le commando n'a trouvé aucun élément qui pouvait permettre, avec certitude, son identification.

– Qu'elle en est la cause ?

– Je n'en sais rien, à part qu'il s'est agi d'une arme fatale.

– Plus exactement ?

– Une arme redoutable qui, sur les deux ou trois missiles tirés depuis la colline de Masaka, au Sud-Est de l'aéroport, a explosé comme il se devait.

– C'est-à-dire ?

– À faible distance de sa cible, qui a été déchiquetée par les éclats. Il pourrait être question, à mon avis, d'un SAM-7 de fabrication soviétique ou bien de sa version modernisée. Je veux dire le SAM-16 qui est commercialisé depuis 1985. Un Grail ou un Gremiln, selon les noms de code de l'OTAN.

– Mais il n'est pas non plus exclu qu'il s'agisse d'un Stinger américain.

– C'est un missile très performant comme ceux qui ont été livrés à la guérilla sud-soudanaise via l'Ouganda, l'État parrain du FPR. Vous savez quoi, Commandeur ?

– Non.

– L'utilisation d'une telle arme ne pouvait que servir soit à signer le crime, soit à manipuler les gens. L'armée rwandaise ne dispose pas de missiles sol-air, alors que le FPR s'en est servi récemment pour abattre deux hélicoptères des FAR et, en octobre 1990, un avion de reconnaissance au-dessus de Kagitumba dans l'extrême Nord du pays.

– Il paraît que des missiles du FPR portant des inscriptions en lettres latines auraient été repris pendant la guerre.

– Et alors ?

– Ont-ils été remis aux FAR ?

– Aucune idée. En tout cas, deux ministres rwandais ont démenti catégoriquement cette information.

Cicéron Boku Ngoi n'hésita pas à revenir à la charge. Il expliqua qu'un missile sol-air était, en théorie, d'emploi très facile. Mais qu'il fallait, pour vraiment toucher une cible, une certaine expérience opérationnelle.

– Des combattants du FPR disposent de ce savoir-faire, précisa l'officier de gendarmerie.

– De même que des mercenaires blancs, si l'on retient l'hypothèse de leur implication directe.

– Ça n'engage que vous.

– Pourriez-vous nous accorder, commandant, l'autorisation de fouiller le site où s'est abattu l'avion ?

– Évidemment, Commandeur. Il suffit de signer quelques paperasses pour ce qui est des formalités administratives. Où êtes-vous descendu ?

– À l'hôtel des *Mille collines*.

– Je vous les ferai parvenir demain matin.

– C'est très sympa de votre part, commandant.

– Entre compatriotes, c'est la moindre des choses de se montrer coopératif. Je n'ai pas, non plus, l'intention de décevoir les apparatchiks du Palais de l'Élysée.

– Un fait me revient à l'esprit.

– Quoi donc ?

– Connaissez-vous un de vos compagnons d'armes, le colonel Bernard Coussec de Mortagne ?

– Bien sûr que oui. Coussec de Mortagne est l'attaché militaire de l'ambassade.

– Selon cet officier, les fameuses « boîtes noires » ont déjà été retrouvées.

– C'est du bluff. J'aurais été le premier à le savoir. C'est moi qui ai organisé les recherches.

– Dans ce cas, l'un de vous est un sacré menteur.

– Il y a plus de chances que, dans ce cas précis, ce soit le colonel Bernard Coussec de Mortagne.

– Si vous le dites. Mon collaborateur, Faustin Ntagabatwaré, et moi-même sommes navrés de vous avoir importuné, commandant.

– De rien.

*
* *

Cicéron Boku Ngoi ramena Faustin Ntagabatwaré à son domicile, lequel était situé dans le secteur de Kimihura. À cette heure si tardive, le Rwandais aurait eu du mal à réintégrer le bercail. Le transport en commun ne fonctionnant quasiment plus, les gens se rendaient à pied, dans les différentes destinations, dans le cadre de leurs occupations quotidiennes. La vie était très dure ! Lorsque la

Jeep de l'armée nationale zaïroise s'immobilisa devant une habitation qui ne ressemblait à rien du tout, presque une bicoque, les deux hommes se serrèrent la main.

– Je passe te chercher demain, en fin de matinée.

– Je vais t'attendre.

– Ne dis absolument rien à personne, à propos de tout ce que tu as entendu au camp de Kanombé.

– Beaucoup de gens sont morts parce qu'ils se sont tout simplement intéressés à ce qui ne le concernait pas.

– La curiosité peut parfois tuer.

– Je tiens à vivre le plus longtemps possible.

– Tu as tout compris.

Cicéron Boku Ngoi hésita un court instant, avant de glisser un billet de cinquante francs français, l'équivalent de presque six cent quatre-vingt-dix francs rwandais, dans la main de Faustin Ntagabatwaré.

– Tu n'es pas obligé de me donner de l'argent, Cicéron.

– Ce n'est pas pour m'avoir guidé que je te récompense. C'est pour que tu puisses avoir de quoi manger demain.

– Merci beaucoup, mon cher ami !

Sur le chemin de retour, à un moment donné, Cicéron Boku Ngoi freina brusquement, évitant ainsi de rouler sur une tête humaine non enlevée par négligence, voire lassitude, sur la voie. Il se trouvait dans l'enfer rwandais, réalisa-t-il.

CHAPITRE X

Après avoir pris un copieux et délicieux petit-déjeuner dans la chambre de l'hôtel, Cicéron Boku Ngoi sortit de sa valise le fameux téléphone portable, l'un des outils indispensables, fonctionnant grâce au satellite. Ensuite, il composa le numéro du conseiller François-Xavier Maccioci au Palais de l'Élysée. Le détective devait lui faire un rapport exhaustif sur la situation en cours en République du Rwanda, comme le stipulait le contrat qui liait les parties contractantes. Cet exposé serait le second, le premier ayant été transmis, également par la voie téléphonique, depuis la ville de Gisenyi.

– Allô, j'écoute !

– Bonjour, monsieur Maccioci ! C'est Cicéron Boku Ngoi à l'appareil.

– Bonjour, Commandeur ! J'attendais votre appel. Où en êtes-vous dans votre investigation ?

– Elle avance doucement, mais sûrement. Je me suis entretenu dans la soirée d'hier avec le commandant Philippe Saint-André de Lidon.

– Le responsable du camp de Kanombé ?

– Tout à fait.

– Que vous a-t-il appris de nouveau ?

– Que personne n'a vu, ni aperçu, les « boîtes noires ». En revanche, ce qui est intéressant, c'est qu'il m'a fourni quelques détails sur le genre d'arme qui aurait pu être utilisée pour abattre l'avion du président rwandais.

– Qu'en pensez-vous ?

– Pour l'instant, ce n'est qu'une version. Il va falloir la confronter à d'autres. Mais j'ai constaté que le commandant avait l'air sincère. En tout cas, j'ai l'autorisation de me rendre sur le lieu du crash.

– C'est super !

– Je fouillerai, sauf changement de dernière minute, l'endroit en question cet après-midi.

– Bonne recherche.

– Je ne manquerai pas de vous tenir au courant.

– Avez-vous rencontré l'ambassadeur ?

– Je lui passerai un coup de fil, après notre conversation.

– Quand comptez-vous rentrer à Paris ?

– Ça dépendra de la recherche de tout à l'heure.

– D'accord. Je dispose, de toute façon, de quoi établir un deuxième rapport pour mes supérieurs.

Dès qu'il eut raccroché, comme par automatisme, le Commandeur composa le numéro de l'ambassade de France à Kigali. Une voix féminine réagit tout de suite. Elle fit écho à son appel.

– Ambassade de France, bonjour !

– Bonjour ! J'aimerais parler à Son Excellence.

– L'ambassadeur ?

– Combien d'Excellences y a-t-il à l'ambassade ?

– Un seul. Quel est votre nom ?

– Hyacinthe de Bergerac.

– L'ambassadeur est absent de nos locaux. Il n'est pas joignable dans la matinée. Sans discrétion, de quoi il s'agit ? Quelqu'un d'autre pourrait peut-être vous renseigner.

– Je l'appelle de la part du conseiller Maccioci, du Palais de l'Élysée. L'ambassadeur est en principe informé de mon séjour à Kigali.

– Pouvez-vous me laisser vos coordonnées ? Si jamais il téléphone, j'en profiterai pour lui communiquer le numéro où on peut vous joindre.

– Je suis descendu à l'hôtel des *Mille collines*. Chambre 102, me semble-t-il.

– C'est noté. Je lui en parlerai à la première occasion.

La conversation à peine terminée, le détective posa le combiné téléphonique. Ensuite, il ouvrit la fenêtre puis tenta de percer le mystère qui entourait la capitale rwandaise. Le regard de faucon balaya la vue panoramique qui s'offrit à lui. Kigali ressemblait à une ville fantôme, propre aux films d'horreur. Les morceaux de corps humains traînaient un peu partout, sans compter l'odeur *gravéolente*[67] qui rendait l'air de plus en plus irrespirable et la vie davantage insupportable. Mais cette situation apocalyptique faisait le bonheur des chiens errants. La sonnerie du téléphone interrompit la communion d'ordre spirituel, qu'avait l'investigateur avec l'environnement hanté par les âmes en perdition.

– Allô !

– Bonjour, Commandeur ! C'est l'ambassadeur au téléphone.

– De France ?

– Tout à fait.

– Bonjour, Votre Excellence !

– Depuis quand êtes-vous à Kigali ? feignit le diplomate.

– Depuis hier, dans la matinée.

– J'ai appris que vous vous êtes entretenu avec le commandant Philippe Saint-André de Lidon.

– Vous savez tout. Je souhaiterais aussi, si votre emploi du temps le permet, vous rencontrer dans le meilleur délai.

– Je ne suis pas à l'ambassade ce matin. Nous pouvons nous

---

[67] Du latin *graveolens, graveolentis*. Dont l'odeur est forte.

voir peut-être autour d'un déjeuner, aux alentours de treize heures, *Chez Lando*.

    – Proposition volontiers acceptée.

    – Vous saurez vous y rendre ?

    – Si c'est à Kigali, oui.

    – C'est en plein Kigali.

    – À tout à l'heure, alors.

Le combiné téléphonique aussitôt raccroché, la sonnerie retentit de nouveau de manière stridente. Cette fois, constata-t-il, ce fut une communication interne. L'investigateur décrocha sans attendre.

    – C'est la réception, monsieur De Bergerac. Quelqu'un souhaite vous voir.

    – Qui est-ce ?

    – Un militaire français.

    – Dites-lui de m'attendre en bas. Je descends tout de suite.

    – Entendu, patron.

Une fois au rez-de-chaussée, le détective reçut une enveloppe des mains d'un coursier en uniforme, un légionnaire, de la part du commandant Philippe Saint-André de Lidon. Elle contenait l'autorisation donnant accès au site où s'était écrasé l'avion du président Juvénal Habyarimana.

*

* *

Il était impensable de quitter les quartiers excentrés de Kigali, en apparence si calmes, sans faire un crochet *Chez Lando*. Il était question du surnom du sympathique propriétaire d'un complexe de restaurant et d'hôtellerie, que tout le monde dans la capitale rwandaise – y compris les voyageurs de passage – connaissait sous cette appellation. La jeunesse et l'intelligentsia de Kigali s'y donnaient rendez-vous dans les paillotes, pour consommer de la bière et déguster de bons poulets braisés. Ils s'y rendaient également afin de discuter affaires et politique au restaurant panoramique, lequel était situé à l'étage. Mieux, c'était le lieu par excellence de rencontre des noctambules invétérés, qui trouvaient *Chez Lando* la meilleure des rares discothèques de cette ville. Non pas qu'un quelconque interdit religieux, ou spirituel, ait empêché le développement des boîtes de nuit dans cette ville, mais les Rwandais étaient, dans la plus grande majorité, assez casaniers. Ils préféraient surtout se recevoir les uns les autres à domicile sans prolonger la soirée trop tard dans la nuit, plutôt que de sortir en ville. En plus, tout le pays était sur pied de guerre dès l'aurore.

Cicéron Boku Ngoi immobilisa la Jeep devant la cabane de Faustin Ntagabatwaré. Il frappa à la porte, mais personne ne répondit. Des voix agitées exprimaient l'ambiance qui régnait non loin de là. Plusieurs individus, qui s'étaient attroupés en contrebas, attirèrent l'attention du détective. Ce dernier se précipita, sans aucune hésitation, dans cette direction. Le Zaïrois constata que ces gens étaient en train de jouer à l'*igisoro*[68], l'une des distractions des quartiers populaires. Faustin Ntagabatwaré se trouvait au milieu de la foule. Il faudrait parvenir à l'extirper de cette masse humaine, laquelle était quasiment compacte, et à l'entraîner vers le véhicule.

— J'ai oublié que tu allais passer me chercher dans l'avant-midi, fit la réaction du joueur invétéré.

— On devait se revoir dans l'après-midi. Mais on m'a donné rendez-vous *Chez Lando* à treize heures.

— Il est tôt pour y aller. J'ai avant tout une course à faire, quelque part, sur la route de Gitarama.

— Ce n'est pas du tout grave. Tu veux que je t'y emmène ?

— Si ça ne te dérange pas.

---

[68] Ce jeu se présente sous la forme de trente-deux godets alignés en quatre rangées de huit. Les deux joueurs disposent de graines (les vaches) qu'ils font avancer comme des pions d'un jeu de stratégie. Le but de la partie, c'est de prendre toutes les « vaches » du troupeau de l'adversaire.

– Tu sais bien que non, mon cher ami.

La Jeep de l'armée nationale zaïroise se dirigea vers Gitarama, en empruntant la route nationale. Quelques kilomètres plus loin, à un niveau inférieur, se dressaient majestueusement des gigantesques rochers.

– Comment appelle-t-on ces pierres ? se renseigna le conducteur, très curieux comme il l'était.

– Ce sont les rochers maudits de Kamegeli.

– Pourquoi sont-ils maudits ?

– C'est une histoire très triste. On les appelle normalement les rochers de Kizoma-Butare.

– Je ne vois pas le rapport avec la malédiction à laquelle ils sont liés.

Au temps du *mwami*[69] Gahindirio, le monarque avait un jour réuni toute sa cour et ses serviteurs afin de leur demander un châtiment exemplaire pour un voleur. L'un des proches du *mwami*, Kamegeli, eut l'idée de défricher la forêt toute proche et d'en faire un bûcher pour chauffer à blanc les rochers. L'objectif consistait à y faire cuire le coupable. Le *mwami* Gahindirio était tellement outré par la férocité de ce supplice qu'il le réserva à son concepteur, en l'occurrence le dénommé Kamegeli. Depuis, les gens du voisinage surnommèrent ces pierres « les rochers de Kamegeli ». Telles furent les explications données par Faustin Ntagabatwaré, dans le but de satisfaire la curiosité du Commandeur.

– C'est une très belle mais douloureuse histoire, Faustin.

– Gare-toi à gauche, s'il te plaît !

Le conducteur mit le clignotant en marche, ce qui surprit d'ailleurs le peu d'automobilistes qui roulaient dans les deux sens. À Kigali, on se fichait complètement de feux d'un véhicule

---

[69] Roi.

indiquant un changement de direction.

– Je reviens dans très peu de temps, Cicéron. Dans dix minutes, pas plus.

– Prends ton temps, Faustin.

Le Rwandais regagna la Jeep de l'armée nationale zaïroise au bout d'un quart d'heure, la mine joyeuse. Il monta à bord du véhicule par-dessus la portière.

– Où es-tu allé ?

– Pas loin d'ici, mon ami. J'ai rendu visite à ma charmante mère. Je lui ai d'ailleurs apporté la moitié de l'argent que tu m'avais donné.

– Tu aurais pu quand même me présenter à ta maman.

– La prochaine fois, si tu veux.

Le véhicule de l'armée nationale zaïroise reprit la même route qu'à l'aller, mais en sens inverse. Il fallait se présenter à l'heure *Chez Lando*.

*
* *

L'ambassadeur de France s'était déjà installé au restaurant. De sa chaise, il avait une vue imprenable sur la ville de Kigali. Malheureusement, l'état de délabrement de certaines habitations ne faisait que ternir le décor qui, n'y eût été cette fausse note, aurait paru paradisiaque au commun des mortels. La mauvaise gestion de la chose publique et la pauvreté du pays y étaient pour quelque chose. Le serveur accompagna Cicéron Boku Ngoi et Faustin Ntagabatwaré jusqu'à l'emplacement où s'était avachi le plénipotentiaire français. En apercevant Hyacinthe de Berge-rac et son compagnon, l'ambassadeur de France observa furtive-ment la photographie en sa possession. Celle-ci montrait le visage de la personne avec qui il avait rendez-vous. Convaincu qu'il s'agissait bel et bien de l'investigateur en provenance de Paris, le diplomate se leva.

– Bienvenu à Kigali, Commandeur !

– Merci, Votre Excellence !

– Asseyez-vous donc, cher monsieur, dit le chef de mission diplomatique à l'attention de l'accompagnateur de l'envoyé spécial du Palais de l'Élysée.

– Votre Excellence, je vous présente mon collaborateur Faustin Ntagabatwaré. Il est Rwandais.

– Enchanté ! lâcha le diplomate.

Tout le monde s'assit, et le plénipotentiaire s'exprima de nouveau. Il voulut savoir ce que ses convives comptaient consommer, ventre affamé n'ayant point d'oreilles.

– Personnellement, poursuivit-il, je vous conseillerais le steak de zèbre. C'est délicieux.

– Allons-y, tant qu'à faire, pour trois steaks de zèbre. Sauf si mon collaborateur, en bon connaisseur des mets rwandais, n'aime pas ça.

– J'adore cette viande ! confirma Faustin Ntagabatwaré, avec une joie non simulée.

Pendant qu'ils mangeaient, l'ambassadeur de France mit l'accent sur la mission du Commandeur à Kigali.

– Le commandant Philippe Saint-André de Lidon vous a-t-il appris quelque chose d'intéressant ?

– Pas grand-chose. En tout cas, rien d'extraordinaire. Il semblerait qu'il n'est pas au courant de ce qui s'est réellement passé. Et vous, Votre Excellence ?

– C'est-à-dire ?

– Avez-vous plus ou moins quelques informations précises, sur cet attentat ?

– Aucun fait n'accrédite en principe l'hypothèse d'une opération d'agents français, ou de mercenaires blancs, hormis des rumeurs plus ou moins contradictoires. Celles-ci alimentent d'autres arguments encore plus farfelus. On assiste à une absurde guerre des services de renseignements, sur fond d'intoxication et de désintoxication. Le plus grave, c'est que le qu'en-dira-t-on a plus de crédibilité que la réalité.

– Nous ne sommes pas sortis de l'auberge.

– Non, reconnut l'ambassadeur. Début juin, la CIA a osé affirmer sans aucune preuve que deux agents de la DGSE avaient abattu l'avion du président rwandais. L'auditorat militaire à Bruxelles, qui est chargé d'enquêter sur l'assassinat de dix Casques bleus belges dans les environs de Kigali, a également lancé des ballons d'essai le lendemain de l'attentat. Ceux-ci ont fait surface dans deux journaux. *Le Soir*, avec l'article de la journaliste Colette Braeckman, et, en flamand, le *Gazet van Antwerpen*. Ont ainsi été mis en cause, en même temps, deux anciens membres du Dami, ainsi que des mercenaires corrompus par des extrémistes hutus.

– Quelle a été la réaction de Paris ?

– À Paris, les coups de sonde dans le milieu des « soldats de fortune » se sont avérés infructueux. Les services spécialisés, après avoir sorti vainement leurs antennes, n'ont pu formellement exclure l'hypothèse selon laquelle un Français ait pu participer à l'attentat ; mais aucun indice n'est venu conforter cette éventualité. Si vous voulez mon avis, les auteurs de cet acte sont très bien planqués, ou alors déjà morts.

– La DGSE n'est pas en mesure de trouver une piste sérieuse…

– En réalité, la DGSE ne dispose pas de bureau fixe à Kigali, mais y effectue des « missions d'intervalle », centrées sur l'action. Un détail s'avère quand même important. Ayez à l'esprit que l'un des deux coopérants militaires français qui étaient assassinés le 7 avril dernier dans la capitale rwandaise habitait la « maison de l'agent », connue à tort ou à raison comme celle d'un ancien correspondant de la DGSE.

– Et les bruits qui mettent en cause des extrémistes hutus ?

– Ils attribuent en effet l'attentat à des jusqu'au-boutistes du régime qui, ayant eu tout à craindre d'un compromis politique avec la rébellion armée du FPR, auraient décidé d'éliminer le président Juvénal Habyarimana. En l'absence de preuve matérielle, cette hypothèse manque de plausibilité. D'abord parce que les protagonistes radicaux du régime ont eux-mêmes péri dans l'attentat, en compagnie du président. Le chef de la garde présidentielle ou de la cheville ouvrière des escadrons de la mort, connu sous la dénomination de *Réseau zéro*, a connu le même sort.

Le président Juvénal Habyarimana avait signé en août 1993 les accords d'Arusha, lesquels lui étaient défavorables, et accepté l'instauration d'un bataillon du Front patriotique rwandais dans Kigali. Ces accords, lesquels étaient difficiles à concrétiser, devaient aussi conduire à la création de la Mission des Nations Unies pour l'assistance du Rwanda, en remplacement des forces françaises. Par conséquent, l'attentat déclencha le génocide auquel appelaient déjà le *Hutu power* et les médias extrémistes. Le Commandeur ne se laissa pas du tout conter fleurette.

Ainsi revint-il à la charge. Il espérait avoir quelques éclaircissements sur les extrémistes qui étaient proches du chef de l'État rwandais.

– Ils n'avaient nullement le besoin d'abattre une douzaine de personnalités, dont le président hutu du Burundi voisin, réagit l'ambassadeur de France. Au courant des faits et gestes de Habyarimana, ils auraient pu sans aucune difficulté l'éliminer individuellement, par exemple sur la route bordée de bananeraies qu'il empruntait tous les jours pour rallier Kigali, à partir du camp présidentiel de Kanombé.

– Il ne faut pas non plus oublier que la cote de popularité du président Juvénal Habyarimana était au plus bas depuis octobre 1992, après la signature du « protocole sur les nouvelles institutions ». Elle s'est dégradée en août 1993, au lendemain des accords de paix d'Arusha, autre victoire du FPR sur le papier.

– Incontestablement, Commandeur. Entre autres dispositions qui étaient prévues en faveur d'une réconciliation, la réduction des effectifs de l'armée, d'environ 5 000 à 14 000 hommes, dont 40 % des combattants « intégrés » du FPR. Elle aurait pu justifier un acte désespéré. Mais ce n'est pas de ça qu'il s'est agi. L'attentat contre l'avion a été une opération militaire, minutieusement préparée et froidement exécutée. Elle reste à ce jour secrète. L'armée rwandaise, même avant l'assassinat des présidents Habyarimana et Ntaryamira, ne disposait pas de capacités nécessaires à monter une vraie action de commando aussi parfaite.

– Et le terrorisme d'État ?

– Pour l'avoir parfaitement su, la France et d'autres pays occidentaux, ainsi que les Nations Unies, s'imposent aujourd'hui un silence sur un passé qui risque de les compromettre nettement. Commandeur, n'oubliez quand même pas que la Minuar[70], forte de 2 500 Casques bleus, enregistrait sans réagir les meurtres politiques, l'importation massive d'armes et la propagande haineuse de différents supports, notamment l'émission animée par la fameuse Valérie Bemeriki sur la radio-télévision libre des mille collines.

– Êtes-vous toutefois au courant des informations de dernières minutes ?

– Non.

– D'après une source élyséenne, les « boîtes noires » ont été retrouvées.

– Pas à ma connaissance.

– Pourtant, l'information initiale provient de vos services.

– Ça m'étonnerait.

– Interrogez le colonel Bernard Coussec de Mortagne. Il doit avoir beaucoup de choses à vous apprendre.

– Je vois que vous êtes très bien informé, Commandeur. Pour brouiller les pistes, j'ai demandé à l'attaché militaire de l'ambassade de faire une déclaration dans ce sens. L'objectif principal, c'était d'éloigner exprès les gens de la piste relative aux « boîtes noires ».

---

[70] Mission des Nations Unies pour l'assistance au Rwanda.

– Je reconnais que c'est astucieux.

– Je n'avais pas le choix. Nous sommes en plaine diplomatie, monsieur De Bergerac.

– Personne ne l'ignore.

– Je ne prétends pas le contraire.

– Mais quelle conclusion pourrions-nous tirer de cette situation extrêmement complexe ?

– Il faut, à mon avis, faire en sorte que la France ne soit pas mise injustement en cause dans l'attentat de l'avion du président Habyarimana.

– Pour atteindre cet objectif, nous devons retrouver les « boîtes noires » avant tout le monde.

– Absolument, Commandeur. Il me faut à tout prix ces « boîtes ».

– Je m'en occupe dans une heure.

CHAPITRE XI

Poursuivre la route vers Kanombé, c'était revenir à la case départ : c'est-à-dire à l'aéroport international Grégoire Kayibanda. Il s'agissait, à l'époque, d'un des fleurons de la « nouvelle architecture » au Rwanda, dont la façade était agréablement rythmée par une savante répétition de pare-soleil et s'ouvrait sur un escalier monumental. À l'intérieur, les passagers, qui débarquaient, étaient accueillis par un magnifique buffle naturalisé. Cet animal empaillé donnait tout de suite un avant-goût des safaris-vision, ou de la chasse, dans les savanes de l'Est du pays.

Une antenne de l'ORTPN[71] était installée dans le hall d'arrivée. C'était une idée géniale, dans la mesure où cette structure renseignait les nouveaux venus sur toutes les possibilités de circuits touristiques et d'hébergement à travers le pays. Elle leur fournissait, avant la guerre entre les combattants des Forces armées rwandaises et ceux du Front patriotique rwandais, des cartes et des dépliants relatifs aux sites à visiter et aux administrations rwandaises pouvant intéresser les étrangers. On constatait bien, à travers cette initiative, un sens du pragmatisme peu courant en Afrique subsaharienne.

---

[71] Office rwandais du tourisme et des parcs nationaux.

Tout autour de l'aéroport s'étendaient des multiples plantations de café qu'on pouvait visiter en prenant contact, à Kigali, avec l'Ocir-Café. Sur ces petits arbres, de la hauteur d'un pommier, poussent les innombrables « cerises », directement accrochées aux branches et non aux feuilles. De la taille d'un pois, les cerises de café mûrissent et passent du vert au rouge, avant d'être récoltées par les planteurs et transportées dans des paniers.

Sur le lieu du crash, Cicéron Boku Ngoi et Faustin Ntagabatwaré étaient en train de dégager les débris. Ceux-ci constituaient le reste de l'avion. Ils les jetaient de côté, dans l'espoir de retrouver les « boîtes noires ». Ce n'était pas du tout évident de mettre la main sur des objets si minuscules, au regard d'autres pièces du gros appareil. Cela revenait à rechercher une aiguille dans une meule de foin. Cela nécessitait du temps et, surtout, de la patience pour le Commandeur et le citoyen rwandais qui l'assistait dans cette tâche.

Les choses se compliquèrent encore plus, puisqu'il fallait dans l'absolu retrouver non pas une mais deux « boîtes noires ». Une première, laquelle concernait effectivement les enregistreurs phoniques[72] destinés aux conversations du cockpit, ainsi qu'une seconde. Celle-ci avait notamment trait aux enregistreurs de seuls paramètres[73] concernant les données de vol. L'investigateur et son assistant devaient focaliser leur attention à l'arrière de l'appareil, la partie généralement la mieux conservée lors d'un impact avec le sol, la mer, ou un quelconque obstacle.

– Les boîtes en question ont peut-être brûlé, fit remarquer Faustin Ntagabatwaré.

– C'est impossible. Elles ont été conçues pour résister aux chocs, au feu ainsi qu'à d'autres calamités. Tout était pensé par rapport aux éventuelles collisions.

– Qu'est-ce qui fait que, après toutes les recherches, personne ne les a retrouvées ?

---

[72] Cockpit Voice Recorder (CVR).
[73] Flight Data Recorder (FDR).

– C'est là que les bâts blessent, figure-toi. Normalement, la durée d'émission de la balise subaquatique, ou non, est de trente jours. On devait les repérer.

Pourtant, depuis l'attentat, plusieurs individus s'étaient succédé à cet endroit, à savoir le lieu du crash, afin de mettre la main dessus mais apparemment sans aucun succès. Le recours aux outils sophistiqués n'a pas permis de découvrir lesdites « boîtes noires ».

– Mon petit doigt me susurre qu'elles ne se trouvent plus dans les environs, dit le détective. Tu peux me croire.

– Pourquoi ?

– Les conséquences de cet attentat dépassent de loin l'implication régionale.

– Et si on faisait intervenir le vieux Mbiringamana ?

– Qui est cet homme ?

– C'est le vieux sorcier de Kigali.

Chaque civilisation dispose effectivement de ses techniques de recherche, ou de résolution des cas désespérés. Parmi les traditions rwandaises figure la *kuragura*, c'est-à-dire la divination. Avec la forte poussée de la religion chrétienne, elle est de moins en moins pratiquée ouvertement. Ce sont des individus âgés, des hommes et des femmes, qui font en général fonction d'*umupfumu*, devin dont le rôle consiste à consulter les ancêtres. Car, selon la croyance en cours depuis des siècles dans ce pays, chaque être humain vivant entre dans le monde des ancêtres après la mort. C'est à ce moment précis que son *umubiri*, à savoir le corps visible, disparaîtra et libérera son *umuzimu* – le corps invisible ou l'esprit du mort – qui continuera de réagir dans le monde des vivants. En bien ou en mal, selon que ces derniers respectent ou transgressent les tabous.

– Ils ne sont pas forcément nombreux de nos jours à croire encore à cette conception de l'existence, reprit le détective.

– Il faut vivre certaines situations avant de se prononcer.

– Tu me conseilles donc une expérimentation à la Saint Thomas.

– Ça ne nous coûte rien, cher ami, d'expérimenter cette pratique ancestrale.

– Si des outils très performants n'ont pu rien détecter, sur le lieu de l'attentat, penses-tu qu'un charlatan parviendra à les identifier à distance ?

Ce vieil homme était en mesure d'interpréter, aux dires de Faustin Ntagabatwaré, la vitesse à laquelle deux mottes de beurre pouvaient fondre une fois plongées dans l'eau bouillante. Impensable !

– Est-ce vrai ? s'étonna le détective. Tu ne racontes que des bêtises.

Si le vieux Mbiringamana était capable de pratiquer la technique laudative concernant l'interprétation de la vitesse de la fonte de deux mottes de beurre dans l'eau chaude, il pourrait logiquement indiquer avec exactitude l'emplacement des « boîtes noires ». Le citoyen rwandais en était très convaincu. Raison pour laquelle il tenait à ce que l'on puisse consulter le devin.

– Foutaises ! réagit le Commandeur qui, même en étant animiste de naissance, avait grandi dans un pays baigné dans la conception cartésienne de l'évolution sociétale.

– Je te jure qu'il en est capable. Ce vieillard est en mesure de dépister les voleurs.

– Tu veux dire, dans notre cas, les personnes qui avaient emporté les boîtes qui nous intéressent ?

– Tout à fait.

Les voleurs étaient donc la hantise des paysans et des éleveurs de bétail. Ces derniers leur réservaient souvent des châtiments cruels. Ainsi le vieux Mbiringamana était-il sans arrêt sollicité par les pisteurs.

– C'est un fin limier ! ironisa l'investigateur.

– À sa manière, si tu veux.

– Tu me surprends, Faustin.

– C'est plutôt pour tes intérêts que je pense au vieux Mbiringamana. Je fais de mon mieux pour t'aider. À chacun sa façon d'appréhender les situations. Rien ne prouve la supériorité de la technologie occidentale sur le savoir-faire ancestral africain.

Cicéron Boku Ngoi ne donna pas suite aux derniers propos de son collaborateur d'occasion, même si son raisonnement n'était pas dénué de bon sens. Tout résidait, en effet, dans la matérialisation technique de la connaissance ancestrale, donc traditionnelle. Cette conversation lui rappela néanmoins sa rencontre avec Dieudonné Bwingi au village de Ndanda, dans la région du Bas-Zaïre, dans la partie occidentale de la République du Zaïre[74]. Cet homme était parvenu non seulement à arrêter la pluie, mais surtout à s'adonner avec succès à la téléportation.

Sur le lieu du crash, les recherches s'avérèrent infructueuses. Une demi-heure plus tard, le détective n'avait toujours pas découvert le moindre indice relatif aux « boîtes noires ». Il commençait à déchanter.

– Où habite ton vieux sorcier ?

– La case qui est à côté de celle de ma mère.

– Au point où nous en sommes, nous n'avons pas grand-chose à perdre. Rendons-lui visite.

– Tu ne vas pas regretter d'avoir pris cette décision, surtout d'avoir accepté ma proposition ? voulu savoir le citoyen rwandais.

– Attendons de voir.

La Jeep des Forces armées zaïroises reprit la route nationale, en direction de Gitarama. Le « rocher de Kamegeli » impressionna de nouveau l'investigateur d'origine kinoise en provenance de Paris.

---

[74] Lire *La chasse au léopard*.

          *
        * *

Un vieil homme d'une centaine d'années était accroupi dans une cabane très mal éclairée, laquelle ne payait pas de mine. Le feu lui permettait de s'approvisionner en énergie, d'autant plus qu'il ne pouvait pas jouir du soleil. En effet, le sorcier n'avait plus suffisamment de force pour sortir. Mais les bruits couraient sur son compte. Les gens racontaient que, la nuit, le vieillard se transformait en jeune homme et assouvissait passionnément les désirs des plus belles filles du village. Comment pouvait-on comprendre la métamorphose du vieux sorcier en Casanova des orfèvres !

Faustin Ntagabatwaré apprit au vieux psychopompe, en kinyarwanda, la raison de leur visite. Ce dernier, après avoir consulté les fétiches, se mit à rigoler. Ce fut un rire d'outre-tombe. Le vieux sorcier se lança tout à coup dans un interminable charabia que l'accompagnateur du détective se donna la peine de traduire le plus fidèlement possible.

— Le grand sorcier annonce qu'il voit des caféières et des bananeraies partout. Il aperçoit aussi deux boîtes. L'indice qui conduit à ces boîtes de couleur orange se trouve au milieu de ces plantes. Mais un danger rôde dans les parages.

— Est-il sérieux, au moins ?

— Bien sûr ! Il a dit aussi que des hommes pâles, armés et habillés en tenues militaires, traînent dans les caféières.

— De qui parle-t-il ?

— Peut-être des militaires ou des mercenaires français, répondit le traducteur.

— Peux-tu lui demander de nous donner davantage de précisions possibles sur la position des « boîtes noires » par rapport aux restes de l'avion ? demanda le détective surpris par l'exactitude de la couleur des boîtes, dans les propos du sorcier de Kigali.

Faustin Ntagabatwaré traduisit la question de l'investigateur à l'attention du vieux sorcier. Le devin, après consultation des oracles, répondit avec sérénité. Le compagnon de Cicéron Boku Ngoi interpréta, de manière globale, les propos du nécromant.

– D'après le grand sorcier, les « boîtes » en question sont stockées loin du lieu du crash. Il voit un palais en pleine forêt, qui est sous la protection d'un léopard.

– Un léopard ! s'étonna l'investigateur. Mais il n'y en a pas au Rwanda.

– Ou bien c'est un vrai léopard ou alors une personne qui vénère le culte du léopard, précisa le traducteur. Le vieillard a rappelé aussi qu'un indice se trouve sur le lieu du crash. Il a précisé que cet objet va surtout nous permettre de suivre la bonne piste.

– Il ne nous reste plus qu'à retourner dans les caféières, mon cher Faustin, afin de vérifier la véracité, voire la fausseté, de cette divination. Après la consultation, je suis très pressé de connaître le verdict.

Avant de déserter la bicoque, le détective fut convaincu d'un fait précis. À son avis, les prédictions de l'incantateur relevaient purement du délire, même si l'évocation de la couleur orange pouvait les crédibiliser. Le citoyen zaïrois lui confia toutefois un billet de cent francs français[75] pour la consultation. Le sorcier, après avoir glissé soigneusement l'argent sous son matelas, bénit l'étranger.

– Et ta mère ? demanda le détective à son assistant, une fois dehors.

– Elle est chez sa petite sœur, réciproqua Faustin Ntagabatwaré. C'est un peu loin du village. Tu vas la rencontrer à la prochaine occasion. Je te le promets. Il ne faut pas rester longtemps ici. On doit reprendre les recherches.

L'existence de la mère de Faustin Ntagabatwaré s'apparentait à celle du mari de la fille de Gisenyi, la ravissante Justine Ingabiré,

---

[75] Plus ou moins 15,24 euros.

et à la soi-disant épouse du Commandeur. Le mensonge équivalait, dans pareilles circonstances, au subtil art de la survie. De nouveau sur le lieu du crash, les deux hommes s'attelèrent sans tarder à la tâche. À un moment donné, Faustin Ntagabatwaré fit comprendre à Cicéron Boku Ngoi qu'il devait l'abandonner pour soulager ses intestins.

— Je dois faire mes besoins, annonça le Rwandais. Je ne peux plus me retenir. Ça urge.

— Surtout, pense à pousser très fort.

— Les être humains, peu importe leur origine, défèquent de la même façon.

— Est-ce un proverbe rwandais ?

— Plus ou moins.

— Bon courage, alors.

Quelques secondes plus tard, Cicéron Boku Ngoi resta bouche bée. Pantois. L'objet qu'il venait de dénicher le pétrifia presque. Il s'agissait d'un insigne dont le motif consistait en une tête de léopard, exhibant les crocs. L'investigateur le ramassa et se mit à l'observer. Le vieux Mbiringamana, le grand sorcier, avait raison. Les « boîtes noires » étaient évidemment gardées à des milliers de kilomètres de Kigali. Plus aucun doute ne subsistait dans l'esprit de l'enquêteur. Désormais, la situation paraissait limpide.

Pendant ce temps, au lieu de faire ses besoins naturels comme il l'avait prétendu, Faustin Ntagabatwaré alla rejoindre un groupe de gens qui portaient des uniformes et tenues militaires. Il était question de personnes de type européen.

— Où est-ce que tu en es avec ton fin limier ? interrogea l'un des hommes blancs.

— Il n'a pas trouvé les « boîtes noires ».

— Ce n'est plus utile que tu retournes le voir. On est obligés de le descendre.

— Ce n'était pas prévu dans nos accords.

– C'est moi qui dirige les opérations. Tu as l'air de l'oublier. Tu dois te conformer à mes ordres. Cet individu en sait trop, il doit être éliminé physiquement.

– D'accord. Mais à une seule condition.

– Tu poses des conditions, maintenant ! Qu'est-ce que tu manigances encore, mon petit filou ?

– Laissez-moi aller lui dire au revoir.

– Tu n'as que dix bonnes minutes pour lui faire tes adieux. C'est une faveur que je te fais.

– Merci, major !

– Pas plus de dix minutes. Sinon, tu vas accompagner ton petit copain dans un voyage sans retour.

Faustin Ntagabatwaré retrouva Cicéron Boku Ngoi parmi les débris de l'avion. Le détective était en train d'observer minutieusement une pièce, lorsque la présence du Rwandais détourna son attention.

– Tu as mis du temps, mon cher ami ! lança l'investigateur. Es-tu constipé, ou bien tu contemplais le paysage ?

– Il faut foutre le camp en vitesse.

– Pourquoi ?

– La situation risque de dégénérer.

– Comment le sais-tu ? Ton caca a des vertus divinatrices ? C'est extraordinaire !

– Partons vite d'ici.

– Qu'est-ce qui t'es arrivé ? Pourquoi es-tu, tout à coup, si pressé ? Je n'ai pas fini mes recherches. On dirait que tu me caches quelque chose.

Le citoyen rwandais expliqua à Cicéron Boku Ngoi que ce n'était pas en restant quelques minutes de plus parmi les décombres de l'avion qu'il poursuivrait la recherche en toute tranquillité. Il le supplia de partir *illico presto*.

– Nous sommes en danger de mort, insista l'autochtone.

– Tu n'as pas trouvé un autre prétexte, mon cher, pour me décourager ?

– Nos vies sont menacées.

– C'est ça ! Cause toujours…

Au même moment, des rafales se firent entendre à travers les caféières. On venait sans doute de tirer sur quelqu'un, ou quelque chose de menaçant, non loin de l'endroit où les deux hommes se trouvaient.

– Que se passe-t-il ? questionna le détective.

– Il faut se sauver tout de suite. Ce sont sans doute les fameux *interahamwe*[76], mentit Faustin Ntagabatwaré. Ils font fureur dans les quartiers de Kigali.

– Qui sont-ils ?

– Quelle question, franchement. Des miliciens des FAR qui terrorisent les populations. Ils doivent forcément être à notre poursuite.

La fameuse appellation *interahamwe* désignait à l'origine la jeunesse du Mouvement républicain national pour le développement et la démocratie, MRND[77] en sigle, lequel était créé après 1973 en vue d'encadrer les jeunes rwandais dans l'effort du développement voulu par le président Juvénal Habyarimana, particulièrement lors des travaux d'intérêt collectif *umuganda*[78]. Mais ce mouvement s'était transformé en une véritable milice à partir du déclenchement de la guerre d'octobre 1990 et avait participé une

---

[76] Le terme *interahamwe* désigne, en kinyarwanda, « ceux qui travaillent ensemble ». On qualifie généralement d'*interahamwe* toutes les milices des partis impliquées dans le génocide de 1994 et qui ne pouvaient pas, de fait, être différenciées sur le terrain.

[77] Parti du président Habyarimana créé en 1973.

[78] Plus de 15 ans après son instauration par le régime autocratique du président Habyarimana, l'*umuganda* était devenu incontournable dans le développement du Rwanda. En 1990, il avait été estimé à 16 milliards de francs rwandais.

première fois aux massacres de la fin 1992, en ayant assisté les autorités civiles à Kibuye et dans le Bugesera. Forte, avec la milice *impuzamugambi*[79], de près de 50 000 individus en 1994, la milice *interahamwe* avait exclusivement recruté parmi les plus pauvres de la population des villes et des campagnes, ainsi qu'au sein des réfugiés burundais qui étaient arrivés au Rwanda après les massacres de 1972 et la recrudescence de la violence en 1988 et 1993. Essentiellement armés de *panga*[80], les fameux *interahamwe* avaient participé au génocide de 1994 contre les Tutsis. Ils étaient d'abord encadrés par la garde présidentielle à Kigali, avant de se répandre comme des abeilles sur l'ensemble du pays. N'ayant disposé que de très peu d'armes à feu, ils n'étaient pas en mesure d'affronter le Front patriotique rwandais et suivraient la retraite des éléments de Forces armées rwandaises vers la République du Zaïre, à partir de juin 1994, où ils se reconstruiraient dans les camps de réfugiés dans la région du Kivu. Ils séviraient, avec la complicité officieuse de Kigali, pendant très longtemps dans les territoires réellement non administrés par le gouvernement central installé à Kinshasa.

– On s'en va vite d'ici, mon ami, avant qu'il ne soit trop tard ! insista Faustin Ntagabatwaré.

– Par où faut-il aller ?

– Suis-moi.

Cicéron Boku Ngoi emboîta hâtivement le pas, à travers les caféières, à son compagnon d'infortune. Ils entendaient les cris hystériques de leurs poursuivants qui se trouvaient un peu plus loin. Les bruits se rapprochaient davantage. Quand le Commandeur et Faustin Ntagabatwaré eurent atteint la Jeep de l'armée nationale zaïroise, des bruits de fusils se mirent à crépiter. Quelques balles ricochèrent sur la carrosserie. Le conducteur démarra en trombe. Dans le rétroviseur, il

---

[79] La milice *impuzamugambi* dépendait du parti *Coalition pour la défense de la République*, un autre parti politique créé par Habyarimana en 1992.
[80] Machette.

aperçut des individus en uniformes et tenues militaires. Ils avaient la peau blanche.

— Ce ne sont pas de Rwandais ! s'exclama Cicéron. Ce ne sont pas des Africains !

— Si, si.

— Je te dis la vérité ! Le vieux sorcier avait raison ! Ce sont des Blancs ! Crois-moi, je viens juste de les apercevoir dans le rétroviseur.

— Tu as mal vu, insista Faustin Ntagabatwaré.

Le citoyen rwandais n'avait aucun intérêt à ce que l'on identifie les personnes qui les poursuivaient. Quant au détective, il fut convaincu d'un fait. Il déduisit que seul le commandant Philippe Saint-André de Lidon pouvait donner l'ordre aux militaires français de tirer sur les personnes dont l'investigation concernait l'avion du feu président Habyarimana. D'autant plus qu'il était l'unique individu, excepté l'ambassadeur de France et le conseiller François-Xavier Maccioci, à avoir été au courant de leur recherche à travers les caféières. Il fallait à tout prix éclaircir cette énigme. L'investigateur mettrait les pieds dans le plat.

D'autres rafales s'acharnèrent sur le véhicule, lequel finit par se retrouver dans les plantes, les roues vers le ciel. Les deux hommes quittèrent précipitamment la Jeep, qui n'était plus en état de rouler. Ils s'engagèrent au hasard, en courant, à travers les caféiers. C'était une course folle contre la mort ! Ils allaient bientôt mourir, à cause des « boîtes noires » ! Leurs poursuivants ne désespéraient nullement. Au contraire, c'était le lieu idéal pour les mitrailler sans attirer l'attention du commun des mortels.

Plus les minutes passaient, plus la poursuite prenait de l'ampleur et l'écart se resserrait. La situation s'intensifiait. En tout cas, c'était l'impression qu'avaient Cicéron Boku Ngoi et Faustin Ntagabatwaré. Quelques rafales pétaradèrent. Un cri de désespoir surgit de la bouche de l'autochtone. L'investigateur regarda derrière lui et vit son compagnon par terre. Il y avait du sang sur ses vêtements. Le Zaïrois stoppa sa course effrénée, revint sur ses pas.

– Pars… sans moi, Cicéron ! prononça avec beaucoup de difficulté le blessé.

– Je ne peux pas t'abandonner ici, Faustin.

– Sauve-toi, s'il te… plaît !

– Pense à ta famille. Tu vaux beaucoup plus que ces foutues « boîtes noires ».

– Je… ne vais pas vivre… longtemps.

– Qu'en sais-tu ?

– Je refuse… de mourir… pour rien. Sauve… ta peau.

Cicéron Boku Ngoi souleva de toutes ses forces le corps, moins en forme, de Faustin Ntagabatwaré. Il lui demanda de s'accrocher très fort à son dos. Après avoir réalisé que le Rwandais tenait prise, le détective reprit la folle course entamée depuis quelques minutes. Ils débouchèrent, finalement, sur une bananeraie.

– Tiens bon, Faustin ! Nous sommes presque sur la route nationale.

– Comment… tu le sais ?

– Grâce aux bananiers.

Quelques mètres plus loin, le détective débaula tel un taureau effarouché sur la route nationale conduisant à Byumba, le corps de plus en plus lourd de Faustin Ntagabatwaré toujours sur le dos. Tout à coup, des véhicules militaires, pleins de légionnaires, freinèrent de justesse. Le commandant Philippe Saint-André de Lidon s'éjecta, comme un félin, de la Jeep qui faisait partie de l'escorte et se rua vers les fugitifs.

– Ne tirez surtout pas, ne tirez pas ! criait le détective essoufflé portant sur son dos un homme en piteux état.

– Dieu soit loué ! Vous êtes en vie, se manifesta l'officier de la gendarmerie française.

S'adressant aux militaires, le commandant Philippe Saint-André de Lidon leur intima un ordre. Il leur ordonna de pénétrer *illico presto* dans les bananeraies pour riposter contre l'attaque des assaillants.

– Surtout ne faites pas de quartier ! ordonna-t-il.

Cicéron Boku Ngoi ouvrit grand les yeux. Il était très surpris. Il ne comprit rien du tout. L'enquêteur qui croyait que le commandant Philippe Saint-André de Lidon avait lâché ses légionnaires à leurs trousses, il ne savait plus comment réagir. Quelques explications clarifieraient peut-être, le moment venu, le doute qui l'animait.

– Nous venons, enfin, de vous retrouver. Nous commencions à nous inquiéter.

– L'essentiel, mon commandant, c'est surtout de nous avoir retrouvés vivants.

– Occupez-vous du blessé ! s'adressa avec véhémence l'officier aux hommes qui ne faisaient pas partie de l'opération qui se déroulait dans les bananeraies. Surtout faites attention, il paraît très abîmé.

Trois militaires français sortirent précipitamment du deuxième véhicule. Ils se dirigèrent à l'endroit où se tenaient Cicéron Boku Ngoi et le commandant. En fin de compte, ils transportèrent le Rwandais qui luttait de manière désespérée contre la douleur.

– Conduisez-le au centre hospitalier, ordonna Philippe Saint-André de Lidon.

– À vos ordres, commandant ! reprirent avec docilité les subordonnés.

– Ne traînez pas. Il faut stopper l'hémorragie.

Le sang chaud coulait abondamment d'une blessure dans le dos de Faustin Ntagabatwaré. Un ruisseau écarlate déferlait ! C'était horrible ! La balle, laquelle s'était logée à l'intérieur de son corps, n'était pas sortie à travers le ventre. Fort heureusement d'ailleurs, puisque cela aurait accéléré le processus propre à la fin de vie en provoquant une seconde ouverture. Celle-ci aurait permis au sang de couler plus vite encore.

– Je tiens à l'accompagner, insista le détective.

– Non, monsieur De Bergerac ! se manifesta derechef le commandant. Nous allons nous rendre tout de suite à l'ambassade. C'est mieux.

Dans les bananeraies, mais aussi dans une partie de caféières, les fusils se mirent à crépiter. Il était sans conteste question d'un affrontement entre les légionnaires et les mercenaires européens. À bout de souffle, un militaire revint quelques instants plus tard sur la route nationale de Byumba.

– Commandant, nous les avons tous eus.

– Ramenez-moi les vivants.

– Ils sont tous morts.

– De qui s'agissait-il ? FPR ou FAR ?

– Ils sont comme vous et moi.

– Nom de Dieu ! Des mercenaires européens ?

– Oui, commandant. Des sacripants !

– C'est ce que nous craignions. Ne le dites à personne. Ramassez les corps et entassez-les dans les véhicules. Il me faut l'autorisation de l'ambassadeur, avant d'entreprendre quoi que ce soit.

– D'accord, commandant !

Le légionnaire rebroussa chemin. Les citoyens rwandais ne devaient surtout pas apprendre cette nouvelle, fallait-il croire. Secret défense.

– La meilleure solution consistera à détruire en toute discrétion leurs corps, insista le commandant. Mais je ne peux rien entreprendre sans l'accord de l'autorité administrative ou consulaire.

– Ce n'est plus du tout mon problème, réciproqua Cicéron. C'est de votre ressort.

– Votre collaborateur les a-t-il vus ?

– Où voulez-vous en venir, commandant ? S'il lui arrive un pépin, c'est moi qui dénoncerai son assassinat. Soyez certain que je sévirai.

– Je n'ai rien dit.

– N'oubliez surtout pas que je suis détective. S'il venait à mourir, croyez-moi, je remuerai ciel et terre pour trouver des preuves contre les coupables.

– Il sera bien soigné, réagit le commandant à l'aide d'une voix conciliante. Ne vous tourmentez plus pour sa santé, nous nous occuperons de tout. Vous pouvez vous rassurer. Vous avez la parole d'un officier de l'armée française.

– Je l'espère, fit la réaction du Commandeur.

Le commandant Philippe Saint-André de Lidon rejoignit les militaires qui balançaient les corps des mercenaires dans les véhicules.

– Après avoir chargé les camions, s'adressa-t-il à l'un des légionnaires, rendez-vous directement au camp de Kanombé. Que personne n'approche les corps.

Se retournant vers Cicéron Boku Ngoi, le commandant Philippe Saint-André de Lidon le pria de prendre place à bord de sa Jeep. Une fois le moteur en marche, l'officier de la *pandorie*[81] française démarra tout en reprenant la parole. Il manifesta sa préoccupation.

– Que cet incident ne soit pas divulgué. Nous savions que des mercenaires européens étaient impliqués dans l'attentat de l'avion présidentiel, mais nous ne voulions pas le confirmer pour éviter tout incident diplomatique.

– Je comprends absolument votre inquiétude.

– La disparition de leurs corps effacera tout indice, quant à une éventuelle implication des Européens dans l'attentat contre l'avion présidentiel.

– Rien n'a pu prouver, commandant, qu'ils étaient les auteurs de

---

[81] La gendarmerie.

ce crash. Ils étaient peut-être, comme nous d'ailleurs, à la recherche des « boîtes noires ».

– Pourquoi vous ont-ils poursuivis avec acharnement ? Pourquoi étaient-ils armés ?

– Personne ne pourra répondre à leur place.

En voyant le commandant Philippe Saint-André de Lidon, les légionnaires qui montaient la garde devant l'ambassade de France ouvrirent le portail. Un contrôle de routine ne s'imposait pas du tout. Une fois dans le luxueux bureau du plénipotentiaire, la discussion s'engagea.

– Y avait-il des témoins, lors de cet affrontement ? se renseigna le diplomate. Et votre collaborateur, monsieur De Bergerac ? Peut-on lui faire confiance ?

– Il ne racontera rien, intervint le commandant Philippe Saint-André de Lidon à la question qui était posée à Cicéron Boku Ngoi. Monsieur De Bergerac et moi, nous nous sommes longuement entretenus à ce sujet.

– Heureusement, poursuivit le plénipotentiaire, les mercenaires sont tous neutralisés. Personne ne pourra plus accuser la France, ou quelques citoyens français, d'être à l'origine de cet attentat.

– Êtes-vous certains que c'étaient des mercenaires, de surcroît français ? insista le Commandeur.

– À mon humble avis, répondit le général Philippe de Saint André de Lidon, le quai d'Orsay est intervenu à notre insu. Le ministère a dû dépêcher des nettoyeurs sur le terrain.

– Raison pour laquelle, réagit avec fermeté l'ambassadeur, nous ne devons laisser aucune trace du passage de ces mauvais garnements. Quant à vous, Commandeur, il va falloir maintenant vous occuper de votre départ pour Paris. Il vaudrait mieux que vous quittiez le territoire rwandais le plus vite possible.

– Et mon collaborateur, dans tout ça ?

– Mes hommes vont prendre soin de lui, s'interposa le

commandant.

– Il recevra les soins nécessaires, surenchérit l'ambassadeur. Vous pouvez me croire. Il a rendu un grand service à notre pays. Si son état de santé est inquiétant, j'exigerai son évacuation vers la France. Je n'ai qu'une parole, monsieur De Bergerac. Pour l'instant, vous devez vous apprêter à partir pour Paris.

– Et ma valise à l'hôtel ?

– Quelqu'un ira la chercher tout à l'heure. Nous réglerons, en même temps, les frais de votre hébergement.

– Mais, à ce que je sache, l'aéroport de Kigali est fermé au trafic aérien et à d'autres activités.

– Il n'y a rien à craindre concernant la fermeture de l'aéroport. Le commandant Saint-André de Lidon en a partiellement la responsabilité. Il fera décoller, à tout moment, un avion militaire.

– Ne risquons-nous pas d'être abattus ?

– Pas du tout. Trois chasseurs confirmés escorteront jusqu'à la frontière zaïroise l'appareil à bord duquel vous vous trouverez, précisa l'officier. Ils pourront survoler le territoire zaïrois, il suffira de faire la demande auprès de Kinshasa.

– Vous avez fait du beau travail, monsieur De Bergerac ! complimenta l'ambassadeur.

– Nous étions deux à l'exécuter, répliqua le détective. J'en profite pour vous rappeler que les honoraires de mon associé s'élèvent à dix mille francs[82].

– Français ? demanda l'officier de gendarmerie.

– Bien entendu ! répondit le patron du *Ndanda Holding International*. À votre place, j'éviterai l'intervention du Palais de l'Élysée pour sa rémunération.

– Ça ne pose aucun problème, conclut l'ambassadeur. Il touchera ses honoraires.

– Je l'espère, lâcha le Commandeur.

L'ambassadeur de France orienta la conversation sur la mission

---

[82] À peu près 1 524,49 euros.

de l'envoyé spécial du Palais de l'Élysée, l'objectif ayant consisté à ne pas s'éterniser sur les émoluments du citoyen rwandais.

– Certes, précisa le détective, l'arbre tombe du côté où il penche. Mais il y a des victoires qui tuent.

– Je n'ai rien saisi, monsieur De Bergerac ! fit comprendre l'ambassadeur.

– Le bâton brise les os, mais pas les mauvaises intentions. C'est un vieux proverbe rwandais, Votre Excellence. Ce n'est pas parce que les nettoyeurs sont neutralisés qu'il faut abandonner les Rwandais à leur triste sort. J'espère que la communauté internationale se mobilisera assez pour éviter le pire. Quant à moi, il va falloir que je poursuive mon investigation en République du Zaïre.

– Que racontez-vous ? réagit le diplomate.

– Ma mission consiste à retrouver, vous le savez, les « boîtes noires ».

– Ce n'est plus important !

– Ce serait dommage de tout arrêter, alors que j'ai presque découvert le lieu où se trouvent ces deux objets.

– Où sont-ils ? demanda le commandant Philippe Saint-André de Lidon.

– Quelque part dans la jungle zaïroise.

– C'est vaste, le Zaïre ! dit l'officier de gendarmerie.

– Seule la région de l'Équateur m'intéresse.

– Où voulez-vous en venir ? interrogea l'ambassadeur.

Cicéron Boku Ngoi posa sur la table l'insigne qu'il avait trouvé dans les débris de l'avion présidentiel. Le chef de mission diplomatique le prit et l'observa un instant.

– Que représente cet objet ? finit-il par dire.

– La lance rappelle le guerrier. L'ivoire fait allusion à la faune. La pierre a trait à la richesse du sous-sol. Enfin la tête du léopard symbolise l'animal sacré, une sorte de totem.

– Quelle est la conclusion de cette explication ? revint à la charge le commandant Saint-André de Lidon.

– Les « boîtes noires » se trouvent à Gbadolite[83].

– Chez le maréchal Mobutu ? lâcha le plénipotentiaire.

– Le grand léopard compte négocier son isolement sur le plan international contre ces « boîtes noires ».

– Qu'est-ce qui vous fait dire que les Zaïrois sont dans le coup ? intervint le commandant Saint-André de Lidon.

– Seuls les militaires des FAZ portent cet insigne.

– Mobutu n'a pas changé, jura l'ambassadeur de France. Poursuivez votre enquête.

– Merci, votre Excellence !

– Nous ne devons pas lui donner la moindre occasion de se racheter. Vous réintégrerez la République du Congo à partir de la base militaire de Goma. Mon homologue de Brazzaville fera le nécessaire pour votre traversée vers Kinshasa.

Avant de déserter les locaux de l'ambassade de France, Cicéron Boku Ngoi demanda au plénipotentiaire de confier la Jeep de l'armée nationale zaïroise, après l'avoir réparée et peinte d'une autre couleur, à son collaborateur rwandais. Le diplomate français répondit par l'affirmative.

---

[83] Village natal du maréchal Mobutu Sese Seko, situé dans la région de l'Équateur. Le palais du président zaïrois, lequel y était construit, était ironiquement qualifié de Versailles de la brousse par les diplomates français.

CHAPITRE XII

Trois têtes pensantes du noyau *gubernatorial*[84] se retrouvèrent dans une salle de réunion à l'hôtel Matignon, le siège de la Primature française sise rue Vaneau dans le paisible septième arrondissement de Paris. Elles comptaient s'épancher sérieusement sur la dramatique situation qui était en cours en République du Rwanda. En plus, les fameuses « boîtes noires » hantaient avec désespoir l'esprit de certains politiciens de l'Hexagone, aussi bien de la majorité que de l'opposition. Si les ministres du gouvernement de l'enjôleur Édouard Balladur se sentaient très mal à l'aise, voire en difficulté par rapport aux scrutins, l'Élysée attendait le moment décisif dans l'espoir de les mettre sous l'éteignoir. Il faudrait les achever en portant l'estocade en temps opportun. Le Rwanda constituait un échiquier mortifère sur lequel quelques acteurs de la classe politique française s'adonnaient impitoyablement au jeu d'échecs. De plus, l'issue de cette affaire pourrait ternir, à l'échelle internationale, l'humaniste image de la France. Par conséquent, sur le plan interne, les partis politiques des extrêmes droite et gauche en bénéficieraient électoralement. L'occasion allait faire le larron.

– Le Premier ministre veut savoir où en sont les recherches

---

[84] Du latin *gubernator*. Qui concerne le gouvernement.

sur place au Rwanda, expliqua de manière laconique le directeur du cabinet.

— D'après les conseillers du ministre des Affaires étrangères, reprit le représentant du ministre de la Défense, le capitaine Barril a déjà récupéré les « boîtes noires » en question. Il n'y a plus à s'inquiéter.

— Elles sont fausses ces boîtes selon les spécialistes, réagit le conseiller du Premier ministre chargé des affaires africaines. Paul Barril n'est qu'un personnage douteux.

— Pourquoi dites-vous ça ? se renseigna le représentant du ministère de la Défense. Quel intérêt a, franchement, le capitaine Barril à clamer haut et fort qu'il est en leur possession, si elles sont fausses ?

D'une serviette, laquelle était posée sur la table, le directeur du cabinet du Premier ministre Édouard Balladur sortit un document. Celui-ci contenait un rapport très détaillé sur les informations relatives aux démarches déjà effectuées au pays des mille collines. Par contre, il y était clairement indiqué que l'ancien gendarme du GIGN n'avait jamais mis les pieds au Rwanda.

— Dans ce cas, où a-t-il trouvé les « boîtes noires » qu'il prétend détenir ? questionna de nouveau le représentant du ministère de la Défense.

— Du Versailles de la brousse, répondit le conseiller du Premier ministre chargé des affaires africaines. Il les a ramenées certainement, et surtout en toute illégalité, de la région de l'Équateur.

— Je ne vois pas le rapport avec l'Afrique des Grands Lacs, revint à la charge le représentant de François Léotard.

— Je fais allusion à la jungle zaïroise.

— Je ne saisis toujours pas votre raisonnement, insista l'envoyé du ministère de la Défense.

— Les rapports de la DGSE, précisa le conseiller de la Primature, stipulent que le capitaine travaille pour le président zaïrois. D'après quelques spécialistes de la *Françafrique*, les véritables « boîtes noires » se trouvent en ce moment chez le maréchal Mobutu. Nous devons donc orienter les recherches dans l'antre du léopard.

– Que faut-il entreprendre pour les reprendre ? lâcha le représentant du Quai d'Orsay qui, jusque-là, était curieusement resté silencieux.

– Nous sommes obligés de négocier avec l'affreux maréchal Mobutu, ajouta le directeur du cabinet.

– Après tout ce que la France et ses alliés occidentaux lui ont fait subir, il n'acceptera pas de collaborer, fit comprendre le représentant du ministère de la Défense. Il ne faut pas rêver. L'homme est à la fois très susceptible, très orgueilleux et très rancunier.

– Le maréchal Mobutu essaie d'obtenir de nouveau l'appui des Occidentaux pour redorer son blason, expliqua le représentant du ministre des Affaires étrangères. Le président zaïrois compte négocier, grâce aux « boîtes noires », l'isolement dont il fait actuellement l'objet. Ce n'est pas pour rien qu'il s'intéresse de près au problème rwandais.

– Il est évident qu'on aura très bientôt besoin du maréchal, rajouta le collaborateur du Premier ministre.

– Pas forcément, réagit le conseiller de François Léotard.

– Si, si ! s'obstina le représentant du chef du gouvernement. Selon les informations dont nous disposons, le maréchal Mobutu est le dernier chef d'État à s'être entretenu en tête-à-tête avec le président Juvénal Habyarimana quelques heures avant l'attentat survenu dans la banlieue de Kigali. S'il détient en plus les « boîtes noires », il deviendra indispensable à la résolution de la crise rwandaise.

– Il est rusé, commenta le directeur du cabinet. Le président zaïrois est le champion du stratagème machiavélique.

– Le maréchal veut démontrer qu'il reste le partenaire incontournable, poursuivit le conseiller du Quai d'Orsay. En détenant ces boîtes, il essaie de contraindre les Occidentaux à composer avec lui.

– La France n'a pas les moyens d'intervenir toute seule militairement à la fois au Rwanda et au Zaïre, expliqua catégoriquement l'envoyé du ministre de la Défense.

– Personne n'évoque l'éventualité d'une opération militaire sur le sol zaïrois, rappela le directeur du cabinet du Premier ministre. Nous envisageons seulement de coopérer avec le maréchal Mobutu pour mener quelques actions au Rwanda à partir de la partie orientale de la République du Zaïre.

– Pouvez-vous être plus explicite, monsieur le directeur ? suggéra le représentant du ministre de la Défense. Nous ne détenons pas forcément les mêmes informations.

– Je vous prie d'apprendre à l'assistance le plan que nous comptons mettre en place, réagit le directeur du cabinet à l'attention de son collègue.

Le conseiller du Premier ministre chargé des affaires africaines regarda, droit dans les yeux, son homologue du ministère de la Défense. On eût dit un professeur s'apprêtant à inculquer son savoir à un étudiant.

– Vous savez très bien que si nous décidons d'intervenir militairement, nous aurons besoin des bases zaïroises qui sont situées vers la frontière rwandaise. Nous devons donc installer notre dispositif soit à Goma, soit à Bukavu, peut-être dans les deux villes. Ça nous permettra d'agir officiellement sur le plan humanitaire.

– Le ministre des affaires humanitaires est-il au courant ? voulut savoir l'envoyé du ministère de la Défense.

– Il n'est pas directement concerné par ce qui se présente. Ça intéresse plutôt les ministres des Affaires étrangères et de la Défense. Nos collègues des affaires humanitaires feront ce que décidera leur ministère de tutelle. Ce sont les militaires qui superviseront l'opération humanitaire que la France pourra très prochainement déclencher.

– Depuis quand les militaires font-ils de l'humanitaire ? s'étonna le représentant du Quai d'Orsay. Avez-vous pensé aux réactions des organismes concernés ?

– Je vous renvoie à la bataille de Kolwezi[85]. Les intérêts de la France sont en jeu au Rwanda. Nos soldats auront pour mission d'effacer, sous le prétexte d'une action humanitaire, toutes les traces de la présence française dans ce pays. Ils ne céderont ensuite la place, aux organisations non gouvernementales, qu'aussitôt le nettoyage effectué en bonne et due forme. C'est aussi pour cette raison que nous devons associer le président Mobutu Sese Seko à cette initiative, à cette sorte de grand ménage. Lui seul pourra faciliter la mise en œuvre de l'opération que nous comptons mener.

– Les événements dépassent largement mes compétences, avoua l'envoyé du Quai d'Orsay.

– Sachez que nous évoluons en pleine politique africaine de la France, renchérit le directeur du cabinet d'Édouard Balladur. Une telle conception n'est pas à la portée tout le monde, je vous l'accorde. Néanmoins, votre attitude me surprend. Il me semble que Matignon n'est pas à l'origine de cette géniale idée. La proposition d'utiliser les bases de Goma et de Bukavu a été faite par le cabinet de votre patron Alain Juppé.

– Et quel rôle joue l'Élysée, dans cette histoire ? intervint le représentant des militaires, d'autant plus que le Palais présidentiel aura quand même le dernier mot. L'intervention militaire hors de nos frontières relève des prérogatives du président de la République. L'Afrique est sa basse-cour. Il ne faudrait pas s'y hasarder sans son autorisation.

Le conseiller du Premier ministre chargé des affaires africaines expliqua que cette réunion avait effectivement vocation à permettre

---

[85] Une opération aéroportée du 2ème REP de la Légion étrangère qui avait eu lieu en mai 1978, dans la région du Shaba au Zaïre, actuellement République Démocratique du Congo. Elle avait consisté à délivrer des otages européens qui étaient retenus dans la ville minière de Kolwezi par des gendarmes Katangais de Nathanaël Mbumba – communément appelés les Simbas. Si l'opération, laquelle avait été déclenchée à l'initiative personnelle du président Valéry Giscard d'Estaing, réussit à libérer des otages avec des pertes militaires légères, elle ne put empêcher le massacre de 700 Africains et de 170 Européens.

l'adoption d'une position commune, entre les différentes structures gouvernementales, par rapport aux probables initiatives de la présidence de la République. La finalité consisterait à faire comprendre coûte que coûte au président François Mitterrand l'urgence d'une intervention humanitaro-militaire au Rwanda. Pour réussir une telle opération, il faudrait que les services ministériels concernés maîtrisent le dossier.

– Le Premier ministre peut informer personnellement le Chef de l'État de ce projet, reprit le représentant du ministre des Affaires étrangères.

– C'est une question de tactique *balladurienne*, explicita à l'attention du représentant des diplomates le conseiller ayant en charge les affaires africaines à l'hôtel Matignon. Votre patron en parlera avec le président de la République, juste pour tâter le terrain. Le Premier ministre ne réagira que si l'Élysée est favorable à une telle opération.

– J'aimerais bien solliciter l'intervention du ministre des Affaires étrangères, intervint le représentant du Quai d'Orsay. En plus, François Mitterrand a un faible pour la diplomatie. Mais encore faut-il que nous puissions avoir des éléments probants.

– Nous disposons de rapports établis par le ministre de la Coopération et des spécialistes qui se trouvent sur le terrain, reprit le conseiller du Premier ministre. Ils vous informeront, par leur précision, sur tout ce que vous devrez savoir à propos de la situation qui est en cours au Rwanda.

– N'oubliez pas que, surenchérit le directeur du cabinet du Premier ministre, nous sommes en pleine cohabitation. On s'approche de l'élection présidentielle. Les actions positives du gouvernement contribueront au succès de notre campagne électorale. C'est en partie grâce à notre capacité à gérer une crise à dimension internationale que les Françaises et les Français nous jugeront.

– En effet, approuva le conseiller qui était chargé des affaires africaines à l'hôtel Matignon.

– Une action bien articulée et réussie, sur le continent africain, témoignera de la vraie dimension du Premier ministre en relations extérieures, poursuivit le directeur du cabinet. Une victoire française au Rwanda crédibilisera le candidat de la droite. Il va donc falloir damer les pions à l'opposition.

Le directeur du cabinet du Premier ministre aurait pu poursuivre sa pensée, en évoquant dans la foulée le leadership d'Édouard Balladur sur la droite *chiraquienne*. Mais cela aurait suscité le courroux du représentant d'Alain Juppé qui assistait à cette réunion. Il fallait donc se montrer extrêmement prudent, en évitant d'ébruiter toute information susceptible de laisser penser que le Premier ministre s'apprêtait à coiffer sur le poteau Jacques Chirac, lors de la désignation interne au Rassemblement pour la République du candidat à l'élection présidentielle.

– J'attends vos dossiers, dit le conseiller du ministère des Affaires étrangères. Il va falloir que je me mette au travail très bientôt.

– C'est bien de vous être proposé. Ma secrétaire vous les fera parvenir dans plus ou moins une heure, conclut le directeur du cabinet.

– Franchement, insista le représentant du ministre de la Défense, ça me fait de la peine que la France négocie avec cette crapule de Mobutu.

– Nous ne sommes pas des missionnaires allant professer la bonne parole aux pauvres Africains mais faisons de la politique, trancha le directeur du cabinet. Le président Mobutu a toujours été, malgré quelques brouilles, notre meilleur allié dans cette partie de l'Afrique. Nous ne pouvons pas agir autrement. Ignorer le maréchal zaïrois serait une grave erreur de notre part. Soyons pragmatiques.

– Mais le maréchal pourra saisir cette opportunité pour apprendre à l'opinion internationale que la France a besoin de ses services, réagit l'envoyé du ministre de la Défense.

– La politique, rétorqua avec force et vigueur le directeur du cabinet d'Édouard Balladur, c'est l'art du compromis. Vous le savez mieux que quiconque. Toutes les concessions que nous faisons à l'attention de nos opposants sur le plan national sont aussi valables du point de vue international. Quand il s'agit des intérêts de la France, toutes les possibilités doivent être envisagées.

– Inadmissible, dit le conseiller du ministre de la défense.

– Le gouvernement français coopérera avec le maréchal Mobutu Sese Seko parce que la raison d'État l'y oblige, fit comprendre avec fermeté le conseiller du Premier ministre en charge des affaires africaines.

– Et le peuple zaïrois, dans tout ça ? ne lâcha pas prise le représentant du Quai d'Orsay. Doit-il être systématiquement le dindon de la farce, parce qu'il faut à tout prix éviter une quelconque menace contre nos intérêts au Rwanda ?

– Ce n'est pas la première fois que nous traitons avec le président Mobutu au détriment de la chose publique zaïroise, reprit froidement le conseiller du Premier ministre. Pensez plutôt aux populations françaises. Nous sommes payés pour protéger avant tout les intérêts de notre pays. Nous œuvrons par tous les moyens pour le rayonnement de la France, à travers le monde.

– J'ai tenu seulement à vous dire le fond de ma pensée, rappela l'homme du Quai d'Orsay.

– Vous n'auriez pas dû être un politicien ou un diplomate, répondit le directeur du cabinet. Il me semble que vous avez fait un mauvais choix. Votre vocation est ailleurs que dans un ministère chargé des relations extérieures.

– Depuis que je travaille au Quai d'Orsay, je me pose sérieusement des questions sur le véritable rôle de l'acteur politique. Personnellement, je me considère comme un fervent adepte de la construction universelle. De par les principes pour lesquels elle s'est toujours battue, les actions de la France au-delà de ses frontières doivent servir l'Humanité. Elles doivent être au service des grandes causes humaines.

– La fraternité universelle, n'est-ce pas ? Vous auriez dû être un frère la grattouille, à moins que vous le soyez déjà. Avec le temps, conclut le directeur de cabinet, vous serez vacciné. Qui n'a pas connu le blues du politique ?

CHAPITRE XIII

Cicéron Boku Ngoi, après avoir salué tous les membres de l'équipage du gros-porteur de l'armée française, descendit les marches jusque sur le tarmac de l'aéroport de Goma en République du Zaïre. Sous la surveillance de deux chasseurs qui s'adonnaient à une série de rotations dans le ciel, l'avion s'apprêtait à décoller en direction de Kigali. Une fois dans la salle d'attente, le détective assista, à travers une grande baie vitrée, à l'envol du gros-porteur. Une voix derrière lui mit fin à l'appréciation de cet extraordinaire ballet aéroportuaire.

– *Bwana! Bwana!*

L'investigateur fit tout de suite volte-face et vit, le sourire niais affiché sur un visage presque cadavérique, le sergent des Forces armées zaïroises qui l'avait aidé, quelques jours plus tôt, à traverser la frontière zaïro-rwandaise. Ce soldat avait réussi à faire du Commandeur un receleur.

– Comment allez-vous, sergent Pole-Pole ?

– Très bien depuis la dernière fois. Et toi, *bwana* ?

– Pas mieux que vous.

– Je croyais qu'on t'avait tué au Rwanda.

– Sachez que ma passion pour la vie est solide comme la carapace d'un crocodile. Les balles ne font que ricocher sur ma peau.

– T'es alors très brave, *bwana*. Et ta femme ?

– Elle est repartie directement à Paris, depuis Kigali.

– Je peux te rendre quel service ?

– C'est très sympa de votre part, sergent. Mais je n'ai besoin de rien pour l'instant.

– Alors, mon cher *bwana*, c'est à moi de te demander quelque chose.

– Expliquez-vous.

– Un paquet de clopes va faire un très grand plaisir au pauvre sergent. Le malheureux sergent Pole-Pole n'est pas payé depuis six mois.

Cicéron Boku Ngoi se mit à rigoler. Il ne put donc se retenir. Le militaire des Forces armées zaïroises avait vraiment l'air drôle. Le sergent Pole-Pole était, en quelque sorte, un vrai comique professionnel ! Il aurait dû d'ailleurs s'appeler Mbio-Mbio, dans la mesure où la précipitation le caractérisait plus que la lenteur. Que dire d'une armée, dont les membres étaient réduits à la mendicité et à la pitrerie pour subvenir à leurs besoins ?

– S'il te plaît, *bwana* ! Tu peux me donner ça. En souvenir de bons moments que tu as passés avec moi.

– Je sais que nous sommes des compagnons de route.

– Quand même !

– Je n'ai pas oublié, sergent. Nous devons œuvrer pour la réussite sociale de l'Humanité.

Sachant que le flatteur vivait forcément aux dépens de celui qui l'écoutait, le détective sortit un paquet de cigarettes de l'un des bagages et le tendit au sergent. Ce dernier remercia son bienfaiteur d'un geste de la tête. Le militaire resta quelques secondes la bouche ouverte, le regard fixé sur le cadran. On aurait dit qu'il avait affaire à Simon Kimbangu, prophète et héros national ayant annoncé la libération de l'Homme noir sur un plan spirituel et physique, l'indépendance du Congo et la reconstitution de l'Empire Kongo, ainsi que la « deuxième indépendance »[86]. L'homme en uniforme finit par s'agenouiller, fit le signe de croix. Il cracha une litanie, après s'être mis debout.

— Que le bon Dieu bénisse toute ta famille, *bwana* ! Qu'il apporte bonheur, argent, amour…

— Je dois vous quitter, sergent. Mon avion vient d'atterrir.

— Je t'aide à porter les bagages, s'il te plaît !

— Ne vous dérangez pas, je peux le faire tout seul.

— Laisse-moi pendre ta valise.

Le militaire se saisit du bagage de son interlocuteur. Mis devant le fait accompli, l'investigateur se contenta de porter un sac qui traînait à ses pieds. Ils s'orientèrent vers la piste où attendait le petit appareil volant en provenance de Brazzaville. Avant que le patron du *Ndanda Holding International* ne disparaisse derrière la porte, le sergent Pole-Pole le salua en agitant la main droite. Il lui souhaita un bon retour.

— Merci pour tout, sergent ! Je garderai certainement un meilleur souvenir de notre précieuse collaboration.

— Il ne faut pas oublier de passer le bonjour du peuple zaïrois au peuple français !

— Je n'y manquerai pas.

À l'intérieur de l'appareil affrété par l'armée française, Cicéron Boku Ngoi rejoignit le pilote à la peau blanche qui se trouvait déjà aux manettes, quelques jours auparavant, lors du vol privé de la base de Brazzaville à l'aéroport de Goma. Cet aviateur n'avait rien à envier au légendaire Jean Mermoz.

— Bienvenue à bord, Commandeur.

---

[86] *Dipanda dia nzole*, en kikongo.

– Bonjour, lieutenant.

– Comment s'est passée votre mission au Rwanda ?

– Elle m'a permis de retrouver les traces de ce que je suis allé chercher.

– Installez-vous. Une fois prêt, faites-moi signe afin que je puisse amorcer le décollage.

*
* *

Il faisait nuit dehors. Le général Jeannot Lamaison attendait avec impatience, à Brazzaville-la-Verte, l'arrivée de l'investigateur dans son bureau de la base militaire française située dans l'un des bâtiments de l'aéroport de Maya-Maya. Dès qu'il l'eut vu franchir le seuil de la porte, en compagnie d'un caporal au visage bouffé par des taches de rousseur, le gradé leva ses fesses du siège.

– Quelles sont donc les nouvelles, monsieur De Bergerac ? s'enquit-il, après les habituelles salutations.

– Elles sont très bonnes.

– L'ambassadeur vient de me faire savoir à l'instant que, selon son homologue basé à Kigali, vous devez vous rendre à Kinshasa.

– En effet, mon général.

– Vous avez peut-être besoin d'un peu de repos, avant d'effectuer la traversée du fleuve ?

– Pas forcément.

– Quand comptez-vous partir ?

– Si ça ne dépend que de moi, le plutôt sera le mieux.

– Comme vous voulez, monsieur De Bergerac. Accordez-moi dix bonnes minutes, juste le temps de donner quelques instructions à mes hommes.

– Vous êtes chez vous, mon général. Je peux très bien patienter pendant une dizaine de minutes.

– Parfait.

L'officier de l'armée française déserta la pièce. En regardant à travers la panoramique baie vitrée, Cicéron Boku Ngoi vit l'officier en pleine conversation avec deux soldats, dont l'un était le caporal de tout à l'heure. Aussitôt de retour dans la pièce strictement meublée qui lui servait de bureau, le général Jeannot Lamaison apprit au détective quelques dispositions à prendre, notamment en ce qui concernait le maniement de certains matériels, à propos de son séjour dans la capitale zaïroise.

— En principe, vous savez comment fonctionne le matériel que vous confieront mes gars. Vous vous en êtes déjà servi, lors de votre dernière mission au Zaïre.

— Je pense que je saurai le manipuler.

— Les codes ont changé. Quant à la portée et à l'autonomie de ce nouvel appareil, elles sont plus fiables par rapport aux modèles précédents. Celui que vous avez utilisé, lors de votre deuxième mission à Kinshasa, est de nos jours obsolète. Vous découvrirez les différents apports dans le document qui explique son utilisation.

Deux militaires firent irruption dans la pièce où se déroulait l'entretien entre le diplomate et le détective. Le général leur ordonna de s'occuper des bagages du voyageur en partance pour Kinshasa.

— Veuillez les suivre, monsieur De Bergerac. Ce sont eux qui vous conduiront à bon port.

— D'accord ?

Cicéron Boku Ngoi s'extirpa du fauteuil dans lequel il était assis et serra très fort la main du gradé. Avant de se quitter, le général Jeannot Lamaison sortit de l'une des poches de son uniforme une petite bouteille de whisky.

— Tenez, Commandeur. C'est pour la cérémonie ancestrale, celle du fleuve.

— Le généralissime est devenu, à ce que je voie, un adepte de la mystique bantoue.

– Il faut croire que oui.

– Au plaisir de vous revoir, mon général.

– Ce sera une meilleure occasion, Commandeur, de faire plus ample connaissance.

– Je pense comme vous.

– À condition de rester plus longtemps à Brazzaville.

– C'est une hypothèse à ne pas exclure.

*
* *

Quand le hors-bord dans lequel se trouvaient Cicéron Boku Ngoi et les deux militaires français eut approché la berge zaïroise, il faisait nuit. Trois bruits se firent entendre dans l'obscurité, quelque part : clic, clic, clic ! L'un des navigateurs émit à son tour le même son, grâce à un minuscule objet en sa possession. On se serait cru en plein débarquement des alliés, en France, sur la côte normande.

– C'est bon ! chuchota le caporal à l'attention de Cicéron Boku Ngoi. La voie est libre. Vous allez bientôt rejoindre la personne qui vous attend.

Cinq minutes plus tard, Cicéron Boku Ngoi abandonna les soldats français. Il déserta ainsi le hors-bord.

– Bon retour, mes amis !

– Bonne chance, Commandeur ! dirent les militaires.

La noirceur de la nuit était très imposante. Une silhouette braqua le faisceau d'une lampe torche sur le visage de l'investigateur. Ce dernier, complètement surpris par la lumière, se protégea les yeux à l'aide de ses mains.

– Monsieur De Bergerac a-t-il fait un excellent voyage ? demanda la voix langoureuse d'une fille qui pourrait avoir une vingtaine d'années, à la taille moyenne.

Cicéron Boku Ngoi eut l'impression d'avoir déjà entendu ces cordes vocales. Elles devaient sans doute être l'œuvre d'une jolie créature de sa connaissance. Le voyageur de nuit posa la main sur la lampe torche, empêchant ainsi la lumière d'éblouir ses yeux.

— Quelle agréable surprise ! Daphné Mauchat !

— Je suis très contente de vous retrouver, mon très cher monsieur De Bergerac. Surtout que, la dernière fois, nous n'avons pas vraiment eu le temps de savourer les choses comme il se devait.

— Mieux vaut plus tard que jamais.

— Partons vite, les bérets verts peuvent nous surprendre.

— Où est votre voiture ?

— Par là. Je l'ai garée à quelques mètres d'ici.

— Ne nous éternisons pas.

— Vous avez tout à fait raison, Commandeur.

Le hors-bord de l'armée française s'éloigna de la rive zaïroise, les militaires étant certains que le Commandeur se trouvait en compagnie de la bonne personne. Tout en se dirigeant vers le lieu où était stationné le véhicule, Daphné Mauchat apprit au détective que les instructions étaient formelles. L'investigateur serait logé au domicile de la Française sis à Binza-IPN, un quartier huppé de Kinshasa, pendant tout le séjour dans la capitale zaïroise.

— C'est une très bonne nouvelle.

— Depuis la mort de Jean de Lavaud, que vous avez d'ailleurs connu, j'ai pris sa place en matière d'espionnage.

— Félicitations ! Très belle promotion ! Mais, en ce qui concerne mon hébergement, il reste quand même un problème à régler.

— Lequel ?

— Le Pygmée.

— Vous parlez de Kanda Makasi ?

— Oui, le pitbull.

— Il n'y a rien à craindre. Vous avez de la chance, il est en vacances.

— Que mes ancêtres soient loués !

– À ce point ?

*

* *

La Renault Safrane conduite par Daphné Mauchat s'immobilisa, quelques heures plus tard, dans la magnifique propriété située à Binza-IPN. L'espionne et le détective portèrent les bagages dans la salle de séjour.

– Vous voulez boire quelque chose, cher ami ? s'informa la Vénus.
– Volontiers.
– J'ai du porto, du whisky, du coca, du martini…
– Allons-y pour le cocktail martini-coca, bien frais, dans la mesure du possible.
– Vous n'avez pas du tout évolué dans votre approche gustative, fit remarquer la maîtresse des lieux. Vous êtes resté conservateur.
– Surtout pour ce qui est de l'apéritif.

Après avoir servi le breuvage frais à son hôte, la très charmante blonde s'excusa gentiment. Elle devait faire un saut dans sa chambre.

– Je suis à vous dans peu de temps. Une dizaine de minutes, pas plus. Dégustez tranquillement votre cocktail.
– Rien ne presse.

Quelques instants après, la nymphe réapparut en lingerie fine de couleur noire. De la soie ! La vue de son splendide corps fit vibrer les sens du détective. La *pulchérité*[87] captivante l'éblouit davantage, au fur et à mesure qu'elle se déhanchait. Le regard de l'homme complimentait la blonde pour les belles cuisses qui mettaient en évidence la petite culotte. Le Parisien d'adoption offrit enfin du martini-coca à la maîtresse des lieux. Il fallait la remercier pour ce spectacle digne du théâtre des *Folies Bergère*. Assise sur la table basse, les jambes

---

[87] Du latin *pulcher*. La beauté.

légèrement écartées, Daphné Mauchat dégageait davantage la sensualité qui l'animait.

Chaque fois que Cicéron Boku Ngoi se trouvait en compagnie de
la ravissante Daphné Mauchat, il ne pouvait s'empêcher de se remé-
morer le poème du chevalier de Boufflers[88] intitulé *La Bergère*.

Dans de riches appartements
On a vingt meubles différents,
Un seul m'est nécessaire.
Mieux qu'avec un sofa doré
Mon petit réduit est paré
D'une simple bergère.

L'étoffe en est d'un blanc satin ;
Elle a de la fleur du matin
La fraîcheur printanière.
Le lustre en est aussi parfait
Que le même jour que j'ai fait
L'essai de ma bergère.

Dans des couloirs bien arrondis,
Entre deux coussins rebondis,
Mon bonheur se resserre ;
J'aime à m'y sentir à l'étroit,
Et chaudement, quand il fait froid,
Je suis dans ma bergère.

Cicéron Boku Ngoi se leva. Il prit les bras de l'exquise blonde
en pleine représentation, et l'aida à se mettre debout. Leurs lèvres
s'écrasèrent l'une contre l'autre. La belle créature mollit dans les
bras de l'étalon noir et lui rendit de manière sensuelle le baiser, puis

---

[88] Stanislas Jean, marquis de Boufflers, plus souvent appelé le chevalier de Boufflers,
est un poète français né le 31 mai 1738 à Lunéville et mort le 18 janvier 1815 à Paris.

de plus en plus fougueusement. En fin de compte, le mâle lui prodigua des caresses osées sur toutes les parties sensibles du corps. Il baissa la culotte de la fille complètement humide. Très excité, Cicéron Boku Ngoi se montra plus entreprenant. Il se mit à farfouiller les poils pubiens et à titiller le mont de Vénus pendant qu'ils s'embrassaient. Les jambes tremblantes, Daphné Mauchat, n'en déplaise aux divinités grecques et au méchant Pygmée Kanda Makasi, jouit pendant plusieurs interminables secondes sous la pénétration digitale que lui administra le matador. La suite était prévisible, donc inévitable… Les amoureux devraient atteindre, à cette allure, le septième ciel sans aucune difficulté. Le détective était très épanoui en compagnie de sa bergère.

Le jour, la nuit, sans embarras,
Joyeux, je goûte dans ses bras,
Un repos salutaire.
Avec délices, je m'étends :
Ah ! Quel plaisir quand je me sens
Au fond de ma bergère !

Je n'en sors qu'avec des regrets ;
Souvent j'y rentre, et j'y voudrais
Rester ma vie entière.
Je lui sais plus d'un amateur
Mais c'est moi seul qui par bonheur
Me sers de ma bergère.

CHAPITRE XIV

Le très discret ambassadeur de France à Kinshasa reçut, en milieu de matinée, monsieur Hyacinthe de Bergerac dans son bureau climatisé qui était situé non loin du boulevard du 30 juin – l'équivalent des Champs-Élysées. Les deux hommes se retrouvèrent ainsi dans des circonstances tout à fait particulières.

– Veuillez vous installer, Commandeur.

– Merci, Votre Excellence !

– Depuis le temps que nous nous voyons, les locaux de l'ambassade de France sont presque devenus votre seconde résidence.

– En quelque sorte.

Le plénipotentiaire, le sieur Charles de Gamache, servit à boire à son interlocuteur. Du porto. Aussitôt son propre verre rempli d'un doigt de whisky, le diplomate ayant longtemps fréquenté l'Institut d'Études Politiques de Paris – appelé communément Sciences Po – axa tout de suite la conversation sur la mission du détective.

– La piste rwandaise vous ramène finalement à Kinshasa.

– Effectivement, Votre Excellence. Je me retrouve à la case départ, comme on dit. Il va falloir que je sois dans la région de l'Équateur dans les jours à venir.

– J'ai appris vaguement cette nouvelle.

– Déjà ?

– Figurez-vous que les grandes oreilles de la République française sont constamment en alerte. Mes homologues de Brazzaville et de Kigali m'ont aussi tenu au courant de votre prochaine pérégrination.

– Je le constate.

– Pourquoi cette escapade dans la terre natale du léopard ? voulut savoir l'ambassadeur, après avoir bu une gorgée.

Par cette question, le chef de mission diplomatique essaya d'avoir, de la bouche même du Commandeur, la confirmation ou une autre version par rapport aux différentes sources. Il fallait confronter les faits entre eux, dans l'espoir de bénéficier de la vraie information.

– Parce que les fameuses « boîtes noires » de l'avion du président Juvénal Habyarimana y sont cachées, répondit l'investigateur.

– Mobutu veut donc faire chanter la France ?

– Sans l'ombre d'un doute.

– Ah, le salopard !

– C'est un léopard, Votre Excellence !

– Un léopard salopard, qu'il va falloir capturer.

– Plutôt une espèce en voie de disparition qui est en état de disgrâce vis-à-vis des Occidentaux.

– Il compte se servir de ces deux objets pour bénéficier de quelques faveurs.

– Vous êtes mieux placé pour se faire une vague idée de ce qu'il espère obtenir ou compte exiger de Paris, de Bruxelles ou de Washington. Ma mission, pour l'instant, consiste à éviter un probable chantage à l'égard de la France, pour ce qui est du drame rwandais.

L'ambassadeur de France se gratta un moment les cheveux légèrement bouclés, puis il redressa son buste afin de faire bonne contenance. Ainsi relança-t-il l'échange. Il venait de réaliser les

éventuelles conséquences de la détention de ces « boîtes noires »
par le président zaïrois.

– Que vous faut-il pour mener à bien cette opération ?

– De l'argent, ironisa instantanément le détective. Vingt millions
de zaïres suffiront largement pour payer la main-d'œuvre locale.

– Il va falloir que j'en réfère à quelques-uns de mes supérieurs.
En cas d'accord, Daphné Mauchat vous donnera cette somme ce soir.

– Il me faudra aussi une voiture pour mes déplacements dans
la capitale.

– Vous la trouverez dans le parking, en partant. J'ai quand même
une autre question à vous poser.

– Je vous écoute, Votre Excellence !

– Les autorités zaïroises sont-elles au courant de votre séjour
à Kinshasa ?

– Jusqu'à preuve du contraire, non. Elles savent peut-être qu'un
certain Hyacinthe de Bergerac se trouve sur leur sol en provenance
de Paris, mais en qualité de touriste. Elles ne sont pas du tout au
courant de mon patronyme zaïrois.

– J'ai complètement oublié que vous avez le don de vous cacher
sous plusieurs fausses identités.

– Il va falloir que je vous quitte, Votre Excellence ! Je dois absolument contacter mes collaborateurs nationaux.

– Pour ce qui est de vos diverses démarches, j'aimerais être mis
au parfum. Daphné Mauchat pourra très bien servir d'intermédiaire
entre nous.

– Vous pouvez compter sur moi. Je suis au courant des change-
ments internes dans le domaine de l'espionnage.

– Pensez surtout à réintégrer son domicile, comme c'était
convenu.

– Je n'ai pas oublié que j'y suis domicilié durant mon séjour
à Kinshasa.

– Je le sais bien, Commandeur. Ce n'est qu'un petit rappel de
bon sens.

– Au revoir, Votre Excellence ! conclut le détective en prenant l'initiative de se lever.

Dehors, un employé de l'ambassade confia au Commandeur les clefs d'une Peugeot 306 de couleur rouge qui était garée, sous le soleil ardent, dans le parking réservé à la représentation française dans la capitale zaïroise.

– Je vous ramènerai le véhicule, ou le ferai déposer, dès que je n'en aurai plus besoin.

– Entendu cher citoyen ! reprit le bonhomme. Il n'y a aucun problème.

– Comment ça se passe ? Je vous laisse une caution ?

– Non, l'ambassadeur s'est porté garant.

Une fois au volant de la voiture de l'ambassade de France, Cicéron Boku Ngoi démarra en douceur. Détenteur d'un permis de conduire sous l'appellation de Ngozulu Kimpumbulu, lequel avait été délivré par l'administration zaïroise, il pouvait rouler en toute tranquillité. Le détective risquerait seulement d'avoir quelques emmerdements avec les pandores – pour des raisons pécuniaires, voire ventrales – lesquels seraient réglés grâce au *matabiche*. Arrivé à destination, dans la zone populaire de Bumbu, le Parisien d'adoption immobilisa le véhicule devant un *nganda*[89]. Moyennant quelques zaïres, il confia un mot à un *phaseur*[90] à l'attention de son ami d'enfance Simbad Mpilantiemi.

Allongé sur le dos à même une natte, sous un manguier en fleurs, Simbad Mpilantiemi voguait mentalement à des milliers de kilomètres du quartier jadis appelé *Sangolu zaku*, expression du kikongo signifiant littéralement « *fournis tes efforts* ». Le rêve lui permettrait de sillonner, dans un pays en crise perpétuelle sur les plans socio-

---

[89] Bar à ciel ouvert.

[90] Galopin proposant ses services moyennant finance. Les *phaseurs* sont aussi appelés moineaux.

économique et politique, des contrées davantage paisibles. Nul besoin d'un visa, pas de problèmes non plus avec d'autres tracasseries administratives. Compte tenu de la chaleur torride qui sévissait à cette période à Kinshasa, en cette saison, le Kinois dormait torse nu et portait seulement une culotte courte. Le voyage onirique de July Cuivre fut tout à coup interrompu par le moineau messager.

    — *Olingi nini, leki ?*[91] demanda Simbad.

    — *Nazali na mokanda moko pona yo, kulutu.*[92]

    — *Nani apesi yo yango ?*[93]

    — *Djo moko. Azali kozela yo epayi ya Lunsamoko.*[94]

Simbad Mpilantiemi, July Cuivre pour les intimes, s'allongea sur le ventre, en ne s'appuyant que sur ses avant-bras. Il parcourut le petit mot manuscrit, lequel était griffonné à son attention. Quand il eut reconnu l'écriture de l'auteur de cette missive, le *Galois* se leva tel un chat et se dirigea à grands pas jusque dans la maison parentale. Incontestablement, vu l'expression de son visage, il n'en revenait pas. Le *Galois* fut surpris par la visite inopinée de l'investigateur vivant en France. Il ressortit, très bien habillé, et orienta son corps massif vers le *nganda* où l'attendait le détective. Dès qu'il eut aperçu le Parisien d'adoption, en train de siroter de la limonade, particulièrement rouge, Simbad Mpilantiemi cria presque.

    — Salut, cicéron !

    — Bonjour, Simbad !

    — Je te croyais au Rwanda, sacré farceur !

L'ambiance phonique battait son plein. On passait une chanson de Pépé Kallé, l'éléphanteau de la musique zaïroise, laquelle était très à la mode à cette époque. Sur la piste, quelques individus

---

[91] *Que veux-tu, petit frère ?*

[92] *J'ai une lettre pour vous, grand frère.*

[93] *Qui te l'a confiée ?*

[94] *Un mec. Il vous attend chez Lunsamoko.*

exécutaient le *Moto*. Il s'agissait d'une danse qui, cette année, faisait fureur tant à Kinshasa que dans les milieux africains de Genève, Bruxelles – surtout dans le quartier d'Ixelles à la Porte de Namur, appelé Matonge – et de Paris, sans oublier les autres contrées dans les capitales des pays francophones d'Afrique. Le nouveau venu s'installa sur la chaise vacante que lui désigna l'investigateur. À la question posée par Cicéron Boku Ngoi, en rapport avec la consommation, July Cuivre préféra prendre du Primus[95].

– Tu as de la chance de me trouver, poursuivit-il.

– Pourquoi ? voulut savoir le détective.

– J'habite à Mont-Ngafula.

– Dans ta grande maison inachevée ?

– Tu dis n'importe quoi. Elle est habitable depuis très longtemps. Qu'est-ce que tu fais à Bumbu ? Tu étais censé te trouver à Kigali, non ?

– Je suis venu te proposer un travail très intéressant.

– C'est génial ! Je commençai à m'ennuyer.

– Tu seras servi. Si tu acceptes ma proposition, nous nous rendrons dans la région de l'Équateur.

– Tu as déjà mon accord.

– Tu ne veux même pas savoir de quoi il est question ?

– Je te fais confiance. Ce n'est pas la première fois que je bosse pour toi. Les choses se sont toujours très bien déroulées. Je n'ai gardé que de bons souvenirs.

– Comme tu veux.

– Comment s'est passé ton séjour à Kigali ?

– Deux ou trois accrochages avec quelques canailles. Je n'ai pas trouvé ce que j'étais censé ramener.

– Pour quelle raison ?

– Parce que les objets en question se trouvent à Gbadolite.

– Chez le grand léopard ?

– En effet. Il va falloir que nous les récupérions.

---

[95] L'une des bières locales.

– Tu n'as pas besoin de me faire un dessin.

– Pour atteindre cet objectif vous me serez, toi et tous les autres copains, d'une très grande utilité.

– Si j'ai bien compris, je dois joindre toute la bande.

– J'aimerais aussi que Dieudonné fasse partie de l'équipe. Cet homme sera un maillon indispensable.

– Ça tombe bien. Il est de passage à Kin.

– Nous avons de la chance. Lorsque tu auras rassemblé tout ce monde, vous me rejoindrez à Binza-IPN.

– Au domicile de la dame chez qui je t'avais accompagné.

– Effectivement, chez ma bergère.

– Et le Pygmée, le terrible Kanda Makasi ?

– Il est en vacances. Tu connais déjà l'adresse. Vous pouvez vous amener à partir de dix-neuf heures.

– Tu n'as pas besoin de me le rappeler. À tout de suite.

Le détective abandonna July Cuivre à sa bière. Il ne tenait pas à s'éterniser chez *Lunsamoko*, le *nganda* de l'avenue Landu qui était géré par le beau Ladylas Goslas. Moins les gens de Bumbu apprendraient sa présence à Kinshasa, plus il éviterait les visites de politesse aux membres de la famille qui vivaient dans le secteur. Les paroles de Léon Bukasa, à travers la chanson *Bibi Sultani*, accompagnèrent les pas de l'enquêteur au moment où il déserta le bar.

CHAPITRE XV

Cicéron Boku Ngoi se trouvait déjà dans la villa de Binza-IPN, lorsque Daphné Mauchat introduisit la clef dans la serrure. La maîtresse de maison, très fatiguée après une journée épuisante, posa tout de suite le gros sac qu'elle tenait à l'aide de ses deux mains et s'écroula sur le divan. Le détective s'accroupit et se mit à l'embrasser avec passion. Aussitôt les embrassades finies, il se leva, se dirigea vers le bar, versa du porto dans un verre qu'il apporta à la blonde allongée, telle une chatte capricieuse.

— Merci, monsieur De Bergerac !

— De rien, chère Daphné.

— J'ai quelque chose pour vous, de la part de Son Excellence Charles de Gamache. C'est certainement de l'argent.

La nymphe lui confia le minuscule objet permettant l'accès au contenant posé à même la table basse. L'investigateur ouvrit le sac sans attendre. Le parfum des billets de banque à l'effigie du maréchal Mobutu Sese Seko envahit ses narines.

— C'est signe que j'ai le feu vert pour opérer dans le territoire zaïrois, essaya-t-il de sonder son interlocutrice. N'est-ce pas, très chère Daphné ?

– En quoi consiste votre expédition ?

– Je dois absolument organiser une chasse dans la région de l'Équateur.

– Vous me prenez vraiment pour une gamine.

– Pas du tout.

– Je suis chargée, à l'ambassade, de tout ce qui concerne l'espionnage au Zaïre et en Angola. Ne l'oubliez pas. J'ai remplacé Jean de Lavaud.

– Dans ce cas, vous devez certainement être au courant de ma tâche, qui plus est très dangereuse.

– J'ai voulu seulement vérifier votre sincérité.

– Et alors ?

– Je viens de réaliser que vous vous méfiez de moi.

– D'une part, je ne suis pas dans le secret des services français de renseignements. D'autre part, c'est une très vieille habitude. Je m'arrange toujours pour ne pas apprendre aux gens ce que j'entreprends en réalité. Je me comporte de cette façon avec tout le monde. Je n'y peux rien. C'est plus fort que moi.

– D'une certaine manière, c'est une très bonne qualité.

– On ne doit pas se dévoiler à première vue.

– Mais le lien qui nous lie, depuis votre dernier voyage, aurait pu consolider la confiance, ou alors la complicité dans nos rapports.

Cicéron Boku Ngoi expliqua à la charmante Daphné Mauchat qu'il en était conscient, qu'il n'était nullement question d'un quelconque désintérêt de sa part mais de la prudence circonstancielle.

– Il me semble que votre côté macho vous interdit de traiter à égalité avec une femme.

– Ce n'est pas du tout ce que vous croyez. J'ignorais que vous étiez adepte du féminisme.

– Non, je n'en suis pas une.

– Pourquoi tenez-vous, alors, de tels propos ? On se croirait aux États-Unis d'Amérique.

– Il ne faut pas m'en vouloir. Depuis que je m'occupe de l'espionnage, j'ai été tout le temps confrontée à la réticence des hommes. Ils n'apprécient pas forcément la présence féminine dans ce milieu.

– Je n'ai pas pensé à l'idéologie féministe, si vous voulez tout savoir. J'ai seulement eu peur d'avoir affaire, on ne sait jamais, à une taupe.

– Moi, une taupe ?

– Je ne prétends pas que vous en êtes une. Mais pas du tout. Loin de moi cette idée. N'empêche que, compte tenu du comportement de Jean de Lavaud[96], j'ai de bonnes raisons d'être sur mes gardes.

– Si je l'ai remplacé, c'est parce que je suis intègre.

– Et efficace comme Margaretha Geertruida Zelle…

– Sauf que je suis une piètre danseuse, et je n'ai pas les charmes de Mata Hari. Ni son talent, d'ailleurs.

– Ne vous sous-estimez pas. En tout cas, ma chère, l'argent a toujours fait tourner la tête aux gens, même aux plus insoupçonnables.

– Oui, mais…

– Ne nous disputons pas pour des incompréhensions…

– Vous avez raison.

– D'autant plus que j'ai fait à manger.

– Dans ce cas, dit de manière enthousiaste Daphné Mauchat, qu'est-ce que nous attendons pour passer à table ? Il fallait commencer par cette excellente nouvelle !

Aussitôt la table prête, le citoyen zaïrois fit le service. La saveur du poulet à la *moambe*[97], cette fameuse spécialité culinaire, poussa Daphné Mauchat à pourlécher les lèvres, telle une louve affamée. Le lardon fumé avait donné au plat un goût de gibier. En voyant la bouteille de vin que posa sur la table le serveur occasionnel, la Vénus s'extasia.

– Du gaillac !

---

[96] Lire *La chasse au léopard*.
[97] Pâte d'arachide.

– Euh oui, ma jolie !

– Vous l'avez dégoté où ?

– C'est mon secret.

– Mes parents possèdent une maison dans le Gaillacois, non loin de Cordes-sur-ciel, où je passais souvent les vacances d'été.

– Je vous permettrai au moins, grâce à ce vin, de vous évader mentalement. C'est super, non ?

– Exactement. Je sens que je vais avoir mon salaire.

– Et tu seras contente à la fin des travaux de mastication.

Situés au Nord-Est de Toulouse sur la route qui mène à Albi, en France, les vignobles de Gaillac entourent la ville de Gaillac qui leur a donné leur appellation. Ils s'étendent sur les deux rives du Tarn et vers le Nord jusqu'à la cité médiévale de Cordes. L'encépagement multiple de cette dénomination confère à ces vins des arômes complexes, fins et développés. D'une couleur rouge vif, amples en bouche, ils peuvent être bus jeunes à une température de douze à treize degrés. Mais ils peuvent aussi vieillir entre cinq et huit ans, et accompagner alors viande rouge, gibier, foie gras et toute la cuisine du Sud-Ouest de la France.

Tout en se régalant, Cicéron Boku Ngoi en profita pour mettre Daphné Mauchat au courant de l'arrivée de ses amis d'un instant à l'autre.

– Ça ne vous dérange pas qu'ils me rendent visite à votre domicile ?

– Quelle question ? réagit la blonde.

– Je me suis permis de leur donner rendez-vous ici, alors que j'aurais dû en principe avoir votre consentement.

– Non, non. Ce n'est pas grave. De toute façon, vous leur avez déjà dit de passer. Je ne vois pas, dans ce cas, pourquoi vous me demandez mon avis. Vous êtes presque chez vous, dans cette maison.

– Je peux les emmener ailleurs.

– C'est quoi cette histoire. Vous serez mieux ici.

– Merci pour votre compréhension.

– Vous n'êtes pas obligé de me remercier. Je suis chargée de vous faciliter les choses. Je dois mettre à votre disposition toute la logistique qui peut permettre le bon déroulement de votre investigation.

– Je n'ai pas du tout pensé à cet aspect.

– Il est vraiment bon, ce vin ! La nourriture est aussi délicieuse. Qui vous a appris à cuisiner ?

– Ma mère, bien entendu !

– En tout cas, elle peut être fière d'elle.

– Je vous remercie de sa part.

Cicéron Boku Ngoi et Daphné Mauchat étaient en train de s'attaquer avec plaisir au dessert, lequel était composé de fruits tropicaux, lorsque la sonnerie se manifesta.

– Ce sont peut-être vos amis.

– Ne vous dérangez pas, je vais leur ouvrir.

– Ça ne me gêne pas d'y aller.

– Et la galanterie ?

– Ô, pardon ! J'ai oublié que j'ai affaire à monsieur Hyacinthe de Bergerac, qui plus est Commandeur !

– Rien ne m'empêche de le faire, surtout en l'absence du fameux pitbull.

– Qu'est-ce que, très franchement, vous avez contre mon gardien Kanda Makasi ?

– Aucun grief.

– Vous ne vous imaginez quand même pas que…

– Je n'ai rien dit et ne pense à rien du tout.

Cicéron Boku Ngoi revint dans la salle à manger, en compagnie de ses cinq collaborateurs. Après les présentations, il les installa dans la pièce qui servait de bureau à la blonde dont les parents possédaient une très belle propriété dans le Tarn, au Nord-Est de la ville rose.

– Vous buvez tous de la bière ?

– Sauf moi, dit Simbad Mpilantiemi.

– Que prends-tu, alors ?

– Un apéritif.

– Ça te convient, le porto ?

– Parfait !

Quand il eut servi à boire à ses associés, Cicéron Boku Ngoi s'installa à son tour. L'investigateur préféra évoquer d'entrée de jeu la raison de ce rassemblement nocturne, tout en n'ignorant pas que ses interlocuteurs étaient au courant.

– J'imagine que Simbad vous a raconté, *grosso modo*, de quoi il est question.

– Tout à fait, répondit Tshokoli.

– Personne n'ignore que cette virée risque d'être très dangereuse.

– On le sait, dit Bifos.

– Nous devons mettre la main sur deux « boîtes noires » que détiennent à présent les affreux de la DSP, ces anciens collègues de Dieudonné. Pour cette raison, nous serons obligés de nous rendre à Gbadolite.

– Au village du guide ? demanda Mbomboli.

– Exactement. J'espère que vous avez gardé les uniformes que nous avons utilisés la fois dernière.

– Ce n'est pas mon cas, réagit Dieudonné Bwingi. J'ai laissé l'uniforme au village, dans le Bas-Zaïre.

– Normalement, mon cher Dieudonné, nous devons tous nous habiller en tenue militaire. Seuls les bérets verts peuvent s'approcher, sans inquiétude, du lieu où sont cachés les objets que nous cherchons.

– Ce n'est pas grave, Cicéron. Je peux aller le chercher. Ça va prendre seulement une heure.

– Nous nous mettrons en route probablement vers trois heures du matin, expliqua l'investigateur.

– Il n'y a aucun problème, mes amis ! reprit Dieudonné. Je peux en un temps record faire l'aller-retour Kin-Ndanda, cette nuit.

Les propos de Dieudonné Bwingi réveillèrent, chez l'investigateur, un très récent souvenir. En effet, Cicéron Boku Ngoi ne s'empêcha pas de penser à Mbiringamana, le vieux sorcier de Kigali.

– Je sais que tu es doté de pouvoirs surnaturels, reconnut le détective, mais il vaut mieux que tu ne t'éloignes pas de la capitale. À ta place, je capturerai cette nuit un béret vert à qui je confisquerai l'uniforme.

– Cicéron n'a pas tort, approuva Mbomboli. On va s'en occuper tout à l'heure, n'est-ce pas les gars ?

– Je ne peux que soutenir cette initiative, surenchérit Tshokoli. on a besoin d'un peu d'exercice.

– D'accord, d'accord ! se contenta de dire Dieudonné. On va se marrer.

– Je tiens à vous payer maintenant, rappela avec professionnalisme le Parisien d'adoption.

Après la rémunération des membres du commando, Cicéron Boku Ngoi leur fixa rendez-vous au même endroit. Ils devaient y être à quatre heures du matin.

– Vous prendrez la voiture de l'ambassade, July Cuivre, pour être à l'heure.

– Tu peux te reposer tranquillement ! lança Simbad.

– C'est ce que je compte faire. On dirait que tu lis dans mes pensées.

– Je vais les surveiller, ils ne vont pas déconner. On va se pointer directement ici, après avoir piqué l'uniforme à un béret vert et fait un saut à Mont-Ngafula et à Bumbu.

– Qu'est-ce qu'il y a d'intéressant dans ces « boîtes noires » ? demanda toutefois Tshokoli. De l'argent ou des objets de valeur ?

– Rien de tout ça, Tshokoli. Ces boîtes contiennent des informations très précieuses, notamment des enregistrements concernant l'avion du président rwandais. L'appareil qui a été abattu, à Kigali, il y a quelques jours.

$$* \\ * \ *$$

Resté seul en compagnie de Daphné Mauchat, Cicéron Boku Ngoi sortit l'émetteur-récepteur en sa possession et contacta le général Jeannot Lamaison. Il utilisa le mode texte pour transmettre son message.

> *« Mon général, j'ai déjà constitué une équipe pour ce que vous savez. Il va falloir que vos hommes viennent nous chercher là où ils m'ont déposé. Nous sommes au nombre de six. Nous serons au lieu de rendez-vous quelques minutes avant cinq heures du matin. Il vaut mieux me contacter seulement en cas de contretemps. Merci ! »*

S'adressant à la charmante Daphné Mauchat, la nouvelle chargée de l'espionnage à l'ambassade de France, Cicéron Boku Ngoi lui fit comprendre qu'elle les déposerait au lieu où il avait débarqué la veille : c'est-à-dire sur la berge du fleuve Zaïre. Ils seraient obligés, tous les deux, de faire deux tours. Lors du premier voyage, ils seraient à bord de deux véhicules : ceux de Daphné Mauchat et de l'ambassade. Une fois sur place, ils reviendraient aux volants de ces deux voitures jusqu'au quartier Binza-IPN, où ils ne reprendraient que la Peugeot rouge de l'ambassade afin de rejoindre les membres du commando qui les attendraient non loin du lieu d'embarcation.

CHAPITRE XVI

En plein milieu du majestueux fleuve Zaïre, quelques faisceaux lumineux balayèrent tout à coup la surface de l'eau. Il devait s'agir d'une patrouille de la Division spéciale présidentielle, ou alors de la traversée clandestine d'une bande de trafiquants.

– Il faut vous baisser ! ordonna l'un des militaires, à l'attention des membres de ces deux équipages en partance pour Brazzaville.

Tout le monde, en tenue militaire, s'exécuta. Les moteurs des hors-bord cessèrent de ronronner. Les bruits des vagues reprirent soudain de l'ampleur. Les militaires zaïrois étaient-ils en train d'effectuer leur ronde habituelle ? Pourquoi ces gens patrouillaient-ils, la nuit, dans le fleuve ? D'habitude, à une heure tardive, la surveillance se déroulait sur la rive. Étaient-ils en train de se débarrasser des corps d'opposants politiques ? Au bout de quelques rotations, de la part des barbouzes du président Mobutu, les passagers des embarcations à moteur ne virent plus rien en provenance de la berge zaïroise. Ils pouvaient donc poursuivre leur route. Une fois sur la rive congolaise, une dizaine de militaires français les accueillirent. Il était six heures du matin. Le soleil était fidèle au rendez-vous. Ils assistèrent à un merveilleux lever du jour. Orgueilleusement dressé sur ses pattes, le coq gaulois chantait à Brazzaville-la-Verte.

Le général Jeannot Lamaison se trouvait au milieu de ses hommes. Il avait tenu à accueillir personnellement Hyacinthe de Bergerac et ses affreux. Après les salutations, le gradé invita le détective et ses acolytes à le suivre.

– Nous allons nous rendre à notre base, Commandeur. Deux de nos pilotes vous y attendent déjà, prêts à décoller.

– Vont-ils nous accompagner au Zaïre ?

– Ça ne dépendra que de votre appréciation. En tout cas, ils seront à votre entière disposition.

– Il vaudrait mieux qu'ils nous transportent. Il serait plus imprudent de laisser les hélicoptères longtemps au sol dans le territoire zaïrois.

Les véhicules de l'armée française, lesquels étaient déjà stationnés à quelques mètres du fleuve, démarrèrent dès que tout le monde fut à bord. Aussitôt à destination, le général Jeannot Lamaison conduisit Hyacinthe de Bergerac et ses associés dans son bureau, où les attendaient deux militaires blancs aux visages barbouillés de suie. Leurs lèvres bien roses étaient mises en évidence par des faciès noirs. Cela fit rigoler les Zaïrois. On se serait cru soit dans un roman d'un burlesque incroyable, soit d'un récit de guerre.

– Commandeur, je vous présente les lieutenants Franck Leblanc et Sylvain Lenoir, dit le général Jeannot Lamaison.

– Enchantés, reprirent de concert Cicéron Boku Ngoi et ses collaborateurs tout en se retenant pour ne pas pouffer.

– Les lieutenants piloteront les hélicoptères qui vous déposeront dans la région de l'Équateur.

Les six hommes serrèrent chaleureusement, à tour de rôle, les mains des pilotes déguisés en nègres. S'adressant aux lieutenants Leblanc et Lenoir, le général Lamaison leur donna des instructions relatives à la mission que dirigerait monsieur De Bergerac.

– Vous obéirez au Commandeur, comme si vous aviez affaire à un officier de l'armée française.

– À vos ordres, mon général ! reprirent instantanément les deux pilotes.

– Maintenant que les présentations sont faites en bonne et due forme, que les instructions sont données, il ne nous reste plus qu'à nous diriger vers le hangar où sont stationnés les hélicoptères.

Tout ce petit monde déserta le bureau du généralissime. Une fois à l'entrée de l'emplacement qui abritait les engins volants, les Zaïrois restèrent sans réaction. Une tête de léopard et le drapeau de la République du Zaïre étaient peints sur le capot de chaque appareil. Ces emblèmes furent sans doute à l'origine de leur stupéfaction.

– C'est pour vous éviter d'énormes ennuis avec les barbouzes du maréchal Mobutu que nous avons pensé à « zaïrianiser » nos appareils, expliqua le général.

– C'est très astucieux de votre part, reconnut le détective.

Cinq autres militaires à la peau d'une blancheur basanée, dont les visages étaient également peints en noir, attendaient en ligne droite, au garde à vous, devant les deux hélicoptères. Dès que les pilotes, les autres membres des équipages et le général Jeannot Lamaison s'approchèrent d'eux, ils se mirent à chanter.

Puisqu'il nous faut vivre et lutter dans la souffrance
Le jour est venu où nous imposerons au front
La force de nos âmes, la force de nos cœurs
Et de nos bras.
Foulant la boue sombre, vont les képis blancs.

La rue appartient à celui qui y descend.
La rue appartient au drapeau des képis blancs.
Autour de nous la haine,

Autour de nous les dogmes que l'on abat.
Foulant la boue sombre, vont les képis blancs.

Combien sont tombés, au hasard d'un clair matin ?
De nos camarades qui souriaient au destin,
Nous tomberons en route, nous tomberons,
ou vaincrons au combat.
Foulant la boue sombre, vont les képis blancs.

La vie ne sourit plus qu'aux forts, aux plus vaillants.
L'ardeur, la fierté, la jeunesse sont dans nos rangs.
Pour nos combats, nos luttes,
Honneur, Fidélité sur nos drapeaux.
Foulant la boue sombre, vont les képis blancs.

Ce fut l'un des moments très forts en émotion. Les Zaïrois saisirent, à travers les paroles de la chanson intitulée *Les Képis blancs*, le véritable sens du patriotisme, ainsi que la portée des valeurs soldatesques ayant permis à la République française de devenir l'une des plus grandes puissances militaires à l'échelle planétaire.

Les pilotes montrèrent l'exemple. Ils prirent respectivement place à bord. Le détective et ses compatriotes les imitèrent. Le général Lamaison et les soldats chanteurs ouvrirent grand les battants de la porte du hangar. Une fois à bord des hélicoptères, les membres de l'expédition constatèrent que des fusils de fabrication soviétique y étaient déjà stockés. Au cas où l'opération tournerait mal, la France ne serait pas soupçonnée. Après que les libellules géantes eurent quitté cet abri, elles décollèrent du sol sous le regard admiratif du général français.

Les deux appareils étaient en train de longer l'imposant fleuve Zaïre quand les passagers aperçurent, en amont de Kinshasa, une sorte de baleine blanche immobile dans l'eau. Il s'agissait du *M. S. Kamanyola*, ironiquement baptisé l'arche de Noé par les Zaïrois. Même avec tous les biens mobiliers et immobiliers qu'ils possédaient, tant en République du Zaïre qu'à l'étranger, le maréchal Mobutu passait désormais l'essentiel de son existence soit dans son village natal de Gbadolite, à proximité de la frontière centrafricaine, soit sur son bateau. Fallait-il conclure que le léopard avait mauvaise conscience ? Fuyait-il Kinshasa la boudeuse, où il était de plus en plus très mal vu des Kinois ?

— Papa Noa n'est pas à bord, fit remarquer Dieudonné.

— Comment le sais-tu ? interrogea Cicéron.

— Les hommes-grenouilles ne nagent pas autour de la coque, expliqua l'ancien béret vert qui avait assuré, dans le passé, quelques gardes sur ce bateau.

— Nous allons quand même y jeter un coup d'œil, dit l'investigateur. On verra bien.

— Tu es sûr qu'il faut le faire ? reprit Simbad, en proie à l'inquiétude.

— Affirmatif ! Ça nous permettra de nous rendre compte de l'absence du léopard à bord, argumenta le Commandeur. En ce moment, le maréchal Mobutu est forcément tout près du lieu où sont cachées les « boîtes noires ».

L'investigateur fit comprendre au pilote de se poser sur le luxueux *M. S. Kamanyola*. De toute évidence, s'imagina-t-il, ils n'avaient rien à craindre. Les emblèmes présidentiels décoraient les deux hélicoptères. Le pilote s'exécuta. Après avoir décroché le microphone et donné la même instruction à son collègue qui pilotait le second engin, il amorça en douceur la descente vers le bateau présidentiel. Les géantes libellules d'acier finirent par se poser, en douceur, à l'emplacement réservé à cet effet.

— Prenez les armes et suivez-moi, intima le détective.

Avant de déserter l'engin volant, Cicéron Boku Ngoi pria le pilote de les attendre. Ils en avaient pour quelques minutes. Il lui demanda aussi de dire à l'équipage du deuxième hélicoptère de rester à bord.

– Surtout, lieutenant, ne coupez pas le moteur.

– Entendu, Commandeur !

– Pensez à prévenir votre collègue.

– D'accord.

Les militaires qui montaient la garde laissèrent passer les nouveaux venus, à savoir Cicéron Boku Ngoi, Simbad Mpilantiemi et Dieudonné Bwingi. À l'intérieur du *M. S. Kamanyola*, tout paraissait calme et en ordre. Quelques bérets verts jouaient aux cartes. Au cours d'une conversation engagée au hasard par le détective, ils apprirent que papa Noa se reposait dans sa propriété de Gbadolite.

– Et les « boîtes noires », dans tout ça ? se renseigna Cicéron. Que sont-elles devenues ?

Son interlocuteur était complètement saoul. Sous l'effet dévastateur du « *supu na tolo* »[98], il lui annonça avec fierté qu'elles étaient gardées dans l'une des pièces du palais présidentiel. L'Artaban zaïrois fut très bavard.

– J'ai fait partie de l'équipe qui a été envoyée à Kigali spécialement pour les récupérer, insista-t-il.

– Tu es un as, mon frère ! s'exclama Cicéron. Chapeau ! Tu mérites les honneurs de la nation.

Le détective fit signe à ses collaborateurs de réintégrer *illico presto* l'hélicoptère. Ils n'avaient plus rien à faire dans le *M. S. Kamanyola*. La bande de Cicéron Boku Ngoi quitta le bateau présidentiel. Les deux appareils décollèrent, dès qu'ils s'installèrent à bord. Il ne fallait pas perdre du temps. Un peu plus loin, ils aperçurent une piste d'atterrissage.

– Où sommes-nous, Dieudonné ? questionna le Commandeur.

---

[98] Littéralement « *la soupe sur la poitrine* » en lingala. Une sorte de liqueur, de fabrication artisanale, dont le pourcentage en alcool avoisine les 45 %.

– C'est la piste de Kawale, répondit l'agent 747.

– Où se situe, alors, cette fameuse propriété du maréchal Mobutu ? voulut savoir l'investigateur.

– Juste à quelques mètres devant nous, lâcha Dieudonné Bwingi. Demande aux pilotes de se poser maintenant. La zone qui est située au-delà de cet endroit est sous la surveillance des radars qui servent parfois à guider les gros-porteurs. S'ils n'atterrissent pas, les militaires qui sont chargés de la surveillance vont se douter de quelque chose. Ils vont essayer d'identifier les deux appareils.

– Il serait souhaitable que vous fassiez ce que vient de dire Dieudonné, proposa Cicéron au pilote.

– Entendu, Commandeur !

Le lieutenant de l'armée française se conforma aux directives du Commandeur. Il décrocha sur-le-champ le microphone et demanda à l'autre pilote de mobiliser en douceur l'hélicoptère au sol. Ensuite, les deux appareils se posèrent sur la piste ultramoderne. Aussitôt tous les Zaïrois dehors, l'investigateur fit signe aux lieutenants français de reprendre le vol.

– Je vous contacterai à l'aide de mon émetteur pour vous dire de rappliquer. Plaquez-vous quelque part. Ne vous éloignez surtout pas de vos émetteurs.

– Comptez sur nous, Commandeur.

Les deux Pumas fabriqués par Eurocopter reprirent donc la direction d'où ils étaient venus. Il ne fallait surtout pas s'éterniser sur le lieu d'atterrissage.

*

**

Des ordinateurs contrôlaient les jets d'eau. Le barrage de Moyabi approvisionnait Gbadolite en électricité. En l'absence du maréchal Mobutu Sese Seko, ce village, qui était devenu presque une petite ville, perdait tout son éclat.

— Restez surtout naturels, leur conseilla Cicéron. Allons directement au palais.

À Gbadolite, cette petite ville régionale en pleine jungle, le président-maréchal avait tenu à imiter le palais royal de Laeken pour se hausser à la hauteur du cinquième roi des Belges, à savoir Baudouin Ier, le fils de la reine Astrid. Même confort cossu, mêmes bibelots exotiques que le conseiller Seti Yale avait négocié personnellement en Extrême-Orient, mêmes tapisseries flamandes et marbre d'Italie. Tout avait été apporté par avion : c'est-à-dire les meubles, les briques, les pierres, les radars…

— Ce n'est pas vrai ! s'étonna le détective.

— Qu'est-ce qui se passe, Cicéron ? voulut tout de suite savoir July Cuivre.

— C'est incroyable, les gars ! Quand j'ai lu *Le Dinosaure*, l'ouvrage écrit par la journaliste belge Colette Braeckman, j'ai cru qu'elle affabulait.

— C'est la folie des grandeurs, conclut Dieudonné. Il n'y a pas un autre qualificatif.

— C'est quoi cet objet-là, demanda Cicéron, en accompagnant ses propos d'un geste du doigt.

— C'est la crypte de marbre blanc, expliqua Dieudonné.

— C'est la copie conforme de celle de Laeken, fit remarquer le patron du *Ndanda Holding International*.

Dieudonné Bwingi expliqua à l'investigateur que la très généreuse Marie-Antoinette, la toute première épouse du président-maréchal, reposait en paix dans cette crypte. Les visiteurs étaient priés de s'y recueillir, quelques instants, à la mémoire de cette très gentille citoyenne.

– On est à Bethléem, ironisa l'agent 747. Gbadolite, c'est la ville sainte.

Gbadolite était devenu, apparemment, un haut lieu de la *monarchie mobutiste*. En fin de compte, le commando entra dans une pièce luxueuse. La superficie de cette cuisine avait été prévue pour au moins deux mille membres du Mouvement populaire de la révolution, parti unique d'obédience présidentielle. La fouille de cette salle ne donna rien de satisfaisant. Dans l'un des couloirs, Cicéron Boku Ngoi et ses collaborateurs croisèrent deux bérets verts, à la mine impressionnante, qui les saluèrent militairement.

– C'est vous qui venez d'atterrir ? demanda l'un d'eux.

– Oui, major ! reprit le détective.

– Vous êtes ici pour les « boîtes noires », n'est-ce pas ?

– En effet ! confirma l'enquêteur.

– Attendez dans cette pièce. Quelqu'un va venir vous chercher.

– D'accord ! se satisfit l'investigateur.

Resté seul en compagnie de ses hommes, le détective sortit l'émetteur-récepteur d'une de ses poches et le positionna sur le mode texte. Il composa un message à l'attention du pilote de l'hélicoptère, le lieutenant Leblanc.

« Prière d'atterrir sur la piste dans une heure. C'est une question de vie, ou de mort. Contactez-moi seulement en cas de problème. Merci ! »

Quelques minutes après, un militaire à la carrure imposante fit irruption dans la salle où attendaient Cicéron Boku Ngoi et ses acolytes.

– Suivez-moi, lâcha l'armoire à glace.

Les six hommes lui emboîtèrent le pas. Ils finirent par déboucher dans l'arrière-cour. Ensuite, le militaire se dirigea vers une cage dans laquelle un magnifique léopard, sans doute affamé, tournait nerveusement en rond. L'intrépide béret vert leva une manette encastrée dans un mur et une grille s'abaissa, servant ainsi de barrière entre le félin et lui. Le splendide panthériné manifesta par conséquent toute son agressivité, en exhibant ses crocs. Ses feulements étaient donc signe de mécontentement. Le béret vert s'y introduisit et souleva la première boîte de couleur orange. Une fois dehors, il la confia au mystérieux Dieudonné Bwingi.

– Tiens, mon frère !
– Merci !

Les dimensions de cette boîte, laquelle pesait à peu près 4,5 kilogrammes, étaient tout à fait conformes à la norme habituelle : 32 x 13 x 14 centimètres environ. Le militaire réintégra la cage du léopard.

– Ce ne sont pas les bonnes boîtes, chuchota Tshokoli à l'oreille de Cicéron. Elles sont de couleur orange.

L'investigateur se braqua tout à coup. Il fusilla Tshokoli Mbenga du regard, lui imposant ainsi le silence absolu. Le béret vert ramena la seconde boîte, toujours de la même couleur. Ensuite, il manipula à nouveau la manette et la grille remonta, offrant ainsi de l'espace au léopard.

– Vous devez les transporter jusqu'au *Kamanyola*, leur signifia la voix grave du barbouze du maréchal Mobutu après leur avoir donné deux sacs dans lesquels il fallait mettre les « boîtes noires » en question.

– Nous sommes au courant, réagit calmement Cicéron.

Pendant ce temps, quatre bérets verts se présentèrent au bureau du major de tout à l'heure. Ce dernier s'informa sur le motif de leur visite.

– On est venus chercher les « boîtes noires », major. On doit les emmener directement dans le *Kamanyola*.
– Quoi !

CHAPITRE XVII

Le major Fula Ngenge se leva de son siège, tel un damné. Ses yeux rouges, coloration due sans doute à la consommation sans modération du cannabis, se fixèrent successivement sur les quatre sergents qui se tenaient en face de lui.

– Soit c'est moi qui suis givré, soit vous êtes saouls !

– On n'a même pas bu une goutte d'alcool, major.

– Je ne comprends plus rien, moi. J'ai croisé tout à l'heure six militaires qui sont venus récupérer les « boîtes noires ». Je ne sais plus qui dit la vérité.

– Le général Mangala Ekofo nous a donné l'ordre de faire un saut ici pour reprendre ces boîtes.

– Je veux clarifier ce problème dare-dare. Il doit y avoir un malentendu. Venez avec moi. Je pense que les autres ne sont pas encore partis. Ils doivent être dans les parages.

Lorsqu'ils arrivèrent devant la grotte du léopard, c'était trop tard. Cicéron Boku Ngoi et ses collaborateurs n'étaient plus dans les environs.

– Ils ne sont pas très loin ! lança le major Fula Ngenge. Il faut les retrouver !

Les bérets verts à la solde du maréchal Mobutu Sese Seko rebrous-
sèrent chemin et se mirent à la recherche des énergumènes faisant
partie de la bande du Commandeur. Ils finirent, au bout de quelques
minutes, par localiser les imposteurs.

– Tenez, les voilà ! cria le major Fula Ngenge.

Se manifestant à très haute et grave voix à l'attention des déten-
teurs des « boîtes noires », le très hargneux major Fula Ngenge
s'adonna à une interpellation. Il manifesta verbalement ses intentions.

– Euh, vous là-bas ! Arrêtez-vous ! C'est un ordre !

Cicéron Boku Ngoi et ses acolytes firent semblant de ne pas avoir
entendu les barrissements des cordes vocales, lesquelles étaient à
l'origine de la sommation.

– Euh, vous là-bas ! Arrêtez-vous, sinon je tire ! s'époumona
l'officier de la Division spéciale présidentielle.

Tout à fait conscient du refus d'obtempérer de la part des faux
bérets verts, très fâché, le major Fula Ngenge ouvrit le feu dans
leur direction.

– Abritons-nous vite dans la chapelle ! cria Cicéron. Tout le monde
à l'abri !

Les usurpateurs ne pouvaient pas riposter, car ils avaient oublié
d'emporter les fusils de fabrication soviétique qui étaient stockés dans
les deux hélicoptères. Ils se contentèrent de détaler, tels des lièvres
pris de panique, sans relâcher les sacs qui contenaient les « boîtes
noires ». Ceux-ci étaient portés par Mbomboli Kirongozi et Tshokoli
Mbenga. Une fois dans la chapelle, le mystérieux Dieudonné Bwingi
barricada l'entrée principale. À l'intérieur, cinq caisses fermées her-
métiquement se trouvaient dans un coin.

– À mon avis, dit Tshokoli, il y a des armes dedans. Elles vont
nous servir à repousser l'assaut des bérets verts.

– Ça ne coûte rien de vérifier, lança le détective.

Dieudonné Bwingi sortit en une fraction de seconde un revolver de sous son pantalon, un Manurhin trafiqué, et tira sur le cadenas. Ensuite, il ouvrit la caisse et découvrit des billets de banque.

– C'est de l'oseille, les gars ! lâcha l'agent 747.

– Tu penses ! réagit tout de suite Mbomboli, l'instinct vénal ayant pris de l'ascendant sur tout autre réflexe.

Simbad Mpilantiemi prit l'un des billets et l'observa. Quelque chose clochait. Il ne savait pas précisément quoi, mais il avait l'impression qu'un petit détail n'était pas conforme à une norme définie. Il se mit soudain à froisser le billet en question.

– Mon petit doigt me dit que c'est de la fausse monnaie, fit comprendre Simbad.

– Passe-moi un billet, réagit Cicéron.

Pendant ce temps, dehors, les bérets verts se mirent à frapper avec violence, à l'aide des crosses de leurs fusils, le battant de la porte principale. À l'intérieur, les fuyards avaient très peur. Mais cela n'empêcha nullement le détective de poursuivre la vérification de l'authenticité de la monnaie ayant suscité le doute.

– Simbad a raison, ces billets sont faux. Ceux qui les ont fabriqués ont même fait des fautes d'orthographe. Ils étaient vraiment pressés avant l'impression. On dirait qu'ils tenaient à tout prix à les écouler.

– Le grand léopard paie les militaires qui lui sont fidèles avec cet argent, annonça Dieudonné.

– Cette monnaie de singe ! lança Cicéron, après quelques instants d'abasourdissement.

– Je me verrai bien dans la peau d'un singe, les gars ! dit Tshokoli.

Le baron de la *Françafrique* était non seulement un kleptocrate, mais aussi un faux-monnayeur. Aux prises avec la rigueur de son nouveau Premier ministre Léon Kongo wa Dondo, le président-maréchal avait trouvé un nouveau divertissement financier : l'impression à l'étranger de vrais faux billets de banque. Cela lui permettait d'avoir régulièrement de l'argent de poche.

– Il va falloir penser à éloigner de la chapelle ces militaires dans un très court délai, proféra finalement Cicéron. Ils risquent de faire capoter notre mission. Si nous ne faisons rien, nous emporterons notre découverte au paradis.

– Je m'en charge, répliqua Dieudonné.

À travers l'une des ouvertures de ladite chapelle, Dieudonné Bwingi, surnommé agent 747, porta la main à l'arrière de la ceinture et sortit un nouveau revolver. Il tira plusieurs coups. Le major et les autres bérets verts prirent la tangente sans oser riposter. Une véritable poudre d'escampette ! Des froussards ! Leur repli forcé permit à Cicéron Boku Ngoi et à sa bande de sortir par une autre porte. Les peureux sbires du maréchal Mobutu Sese Seko ne pourraient pas les surprendre, sans avoir fait le tour de la chapelle.

– Filons vite vers la piste, suggéra le détective. Ne restons surtout pas ici ! J'espère que les hélicoptères seront déjà sur place.

Le détective et ses collaborateurs trimballèrent les sacs contenant les « boîtes noires » jusqu'à la piste moderne de Kawale. Malencontreusement, les lieutenants Leblanc et Lenoir n'étaient pas ponctuels au rendez-vous. Lorsque les fugitifs s'apprêtèrent à faire mouvement vers le hangar le plus proche, ils virent les deux hélicoptères débouler à l'instar des libellules géantes. Cicéron Boku Ngoi fit signe de la main aux pilotes français, et les engins amorcèrent sans tarder l'atterrissage. Au moment où les appareils se préparaient à décoller quelques secondes après que tout le monde eut pris place, les sifflements des balles se manifestèrent. Le major Fula Ngenge et ses hommes rappliquaient en vitesse.

Les deux hélicoptères se mobilisèrent doucement, puis s'orientèrent en direction des soi-disant tireurs d'élite en augmentant enfin la
vitesse de croisière. Ces derniers, voyant les engins foncer droit vers
eux en crachant du feu, s'allongèrent à même le tarmac. Lorsqu'ils
eurent le réflexe de se relever, ce fut trop tard. Les deux Pumas ne
furent plus à la portée de leurs fusils.

*
* *

Avant de quitter le hall du francilien aéroport de Paris Charles de
Gaulle, communément appelé Roissy, le Commandeur acheta le
sérieux quotidien *Le Monde*. Puis, il se dirigea vers la station de taxis
et s'engouffra dans le tout premier véhicule en stationnement.

– Je me rends à Paris, s'il vous plaît ! dit le patron du *Ndanda Holding International*.

Le conducteur mit le moteur en marche. Bien installé, sur le siège
arrière, l'investigateur ouvrit le journal et tomba sur la rubrique
relative à l'international. L'accroche de l'article, lequel était intitulé
Rwanda : Opération Turquoise, attira son attention.

> *« Le président du Zaïre, Mobutu Sese Seko, a fait à
> Kinshasa une déclaration devant la presse étrangère.
> Le maréchal s'est dit prêt à mettre à la disposition de
> l'armée française les bases de Goma et de Bukavu.
> Celles-ci sont situées dans la partie orientale de son
> pays, non loin de la frontière zaïro-rwandaise. »*

– Ah, le malin ! s'exclama le Commandeur.
– Pardon ! Qu'est-ce que vous dites ? se renseigna le chauffeur.
– Je n'ai rien prononcé d'intéressant, mon cher monsieur. Ne faites
pas attention à mes divagations.

– D'accord, monsieur.

– Il m'arrive très souvent, surtout en ce moment, de parler tout seul. Ces vieux démons ne cessent de me tourmenter ! Quelle vie, franchement !

La fracassante déclaration du président zaïrois serait suivie d'une nouvelle initiative française. Celle-ci était annoncée par le Premier ministre Édouard Balladur. Il s'agirait d'une opération militaire qui se déroulerait sans mandat des Nations Unies[99].

*

* *

Le fait d'avoir ramené les deux « boîtes noires » en France valut à Cicéron Boku Ngoi d'être élevé au rang de Grand officier de la Légion d'honneur. Au grand serviteur, la République française reconnaissante !

L'*opération Turquoise* permettrait en réalité l'exfiltration, vers la République du Zaïre, des génocidaires rwandais et des dignitaires de l'ancien régime du feu président Juvénal Habyarimana, ainsi que de plusieurs *interahamwe* qui finiraient par constituer l'ossature des FDLR[100] en terre kivutienne. Quant au maréchal Mobutu Sese Seko, il serait piteusement chassé du pays, trois années plus tard, par le Mzee[101] Laurent-Désiré Kabila. Ce dernier bénéficierait, probablement à l'initiative des Anglo-Saxons, du soutien d'une coalition menée par le Rwanda, le Burundi et l'Ouganda dans l'optique de la prise du pouvoir à Kinshasa. La partie orientale de l'immense République du Zaïre, aujourd'hui République Démocratique du Congo, serait très longtemps déstabilisée par ce triumvirat pour des

---

[99] En effet, la France se retrouverait seule sur le terrain, puisque les autres puissances occidentales brilleraient par leur absence.
[100] Forces démocratiques de libération du Rwanda.
[101] Le sage, en langue swahili.

raisons ayant absolument trait au foncier et aux pillages des ressources naturelles. Les agresseurs auraient recours aux violences sexuelles, au génocide… Ils commettraient des crimes de guerre et crimes contre l'Humanité, violeraient les droits fondamentaux de la personne tout en jouissant de l'impunité. Il y aurait, dans l'Est de la République du Zaïre, plus de 10 millions de morts, c'est-à-dire plus que la population du Danemark. D'ailleurs, sous le gouvernement de William Jefferson Clinton, dit Bill, l'ancien député de l'État du Michigan, Howard Eliot Wolpe qui deviendrait l'envoyé spécial des États-Unis pour la région des Grands Lacs africains, insisterait tout au long de sa mission sur les causes néfastes concernant directement l'Ouganda, le Congo-Kinshasa, le Rwanda et d'autres pays limitrophes.

Quatre années après les faits, en France, une commission parlementaire serait présidée par le député socialiste Paul Quilès. Elle aurait la charge de faire le point sur les responsabilités françaises dans le processus génocidaire ayant été déclenché contre les Tutsis en 1994. Le président François Mitterrand serait mis en cause sur plusieurs faits, notamment pour avoir pris la décision *« sans fondement juridique »* d'intervenir militairement aux côtés de l'armée rwandaise, par l'entremise de *l'opération Noroît*, en réponse à l'offensive du Front patriotique rwandais soutenu par l'Ouganda en octobre 1990. Dans la même optique, le président français se verrait reprocher le soutien au dictateur Juvénal Habyarimana et à une armée hutue mono-ethnique.

Seize années plus tard, une plainte serait déposée auprès du tribunal de grande instance de Paris contre l'ancien « gendarme de l'Élysée », le capitaine Paul Barril, par la FIDH[102] et d'autres organisations non gouvernementales pour complicité de génocide au Rwanda. En exil en Afrique du Sud, deux compagnons de lutte du général Paul Kagamé, qui deviendrait entre-temps président de la République du Rwanda, l'accuseraient d'avoir ordonné d'abattre

---

[102] Fédération internationale des ligues des droits de l'Homme.

l'avion de l'ancien président Juvénal Habyarimana. Patrick Karegeya et Faustin Kayumba Nyamwasa, respectivement chef des services de renseignements extérieurs et chef d'état-major de l'Armée rwandaise de 1994 à 2002, déclareraient détenir les preuves de l'implication directe de l'homme fort de Kigali dans la déstabilisation de la région des Grands Lacs, plus précisément de la région du Kivu dans la partie orientale de l'actuelle République Démocratique du Congo.

Ouvrages déjà parus chez le même éditeur :

LE DEMANDEUR D'ASILE

Léopold Mwana Malamu est membre, dans son pays d'origine situé au cœur de l'Afrique centrale, d'un mouvement clandestin qui s'oppose de la manière la plus efficace et la plus habile possible à la dictature du régime en place. Il est arrêté, torturé. Il finit par gagner l'Europe : l'Italie d'abord, ensuite la Suisse ; puis la France où l'accueille à bras ouverts une charmante dame de la meilleure société. Reste pour lui à obtenir le statut de réfugié politique. Toutes les démarches du jeune homme échouent et trouver un travail lui est également impossible. *Refoulé administratif* dans son pays d'origine, il est à nouveau torturé.
ISBN : 979-10-91580-00-7 – EAN : 979-1091580007 – *Collection Document/Réalité*

*

* *

DROSERA CAPENSIS

Sous le choc d'une déception amoureuse, le narrateur se remémore la tragédie qui a frappé l'un de ses amis victime d'une femme mystérieuse que d'aucuns ont surnommée *drosera capensis*. Combien de proies humaines, évoluant dans le sillage de son environnement immédiat, cette belle plante carnivore capturera et digérera-t-elle ?
ISBN : 979-10-91580-01-4 – EAN : 9791091580014 – *Collection Roman*

*

* *

MITTERRAND L'AFRICAIN ?

La complexité des relations franco-africaines ne cesse de donner le tournis à bon nombre d'observateurs. À l'heure où l'actualité africaine est entre autres dominée par les conflits, l'exode de nombreux jeunes et la lente « colonisation » de ce continent par la Chine, d'aucuns ne cessaient de s'interroger sur le devenir des relations franco-africaines après François Mitterrand, Jacques Chirac et Nicolas Sarkozy. Cet ouvrage donne quelques pistes très utiles à la compréhension des futures relations entre la France et l'Afrique. On y évoque surtout un lien de près de quarante-cinq ans entre un homme – que l'on qualifie de *mythe errant* – et tout un continent, des méandres et des écueils qui ont enseveli des tas de secrets dans des marigots africains…

ISBN : 979-10-91580-02-1 – EAN : 9791091580021 – *Collection Arbre à Palabre*

*
* *

LA VIE PARISIENNE D'UN NÉGROPOLITAIN

Il est des écrivains qui, avec beaucoup d'habileté, recourent parfois à la fiction pour raconter des histoires réelles. À travers cet ouvrage, l'auteur s'intéresse à la problématique de l'immigration. Ainsi ose-t-il développer, sans aucun détour, des thèmes capitaux qui ressurgissent toujours à l'approche de chaque enjeu électoral dans les sociétés occidentales.
« La vie est comme un jeu d'échecs : nous esquissons un plan, mais celui-ci est tributaire de ce que daigne faire l'adversaire aux échecs et le destin dans la vie. » Cette pensée du philosophe allemand Schopenhauer, ce champion de l'art d'avoir toujours raison, résume à merveille la *Vie parisienne d'un Négropolitain*.
ISBN : 979-10-91580-06-9 – EAN : 9791091580069 – *Collection Roman*

*
* *

Les séides du maréchal Mobutu Sese Seko placèrent la chambre occupée par maître Patrick de Lavigerie, l'avocat porté disparu que le détective devait retrouver, sous très haute surveillance. Les instructions furent données au directeur de l'hôtel Intercontinental de signaler la présence de tout ressortissant français qui y descendrait à l'avenir. Le responsable du complexe hôtelier perdrait son emploi, voire sa vie, au cas où il ne se conformerait pas aux directives et aux exigences d'agents des services de renseignements. Le détective était, dorénavant, dans l'œil du léopard.

ISBN : 979-10-91580-03-8 – EAN : 9791091580038 – *Collection Roman*

*
* *

LA CHASSE AU LÉOPARD

Certes, le renard est un animal très rusé. Pour mener à bien l'expédition que le Quai d'Orsay envisageait sur le sol zaïrois, il fallait un chasseur expérimenté. De plus, il n'était nullement question de s'introduire dans un poulailler, mais d'opérer dans la jungle africaine. Il s'agissait plutôt de la chasse au léopard. Ainsi fallait-il recourir aux services d'un spécialiste de l'enlèvement dans le but de capturer le maréchal Mobutu vivant et de l'exfiltrer vers la France. Il devait neutraliser le léopard dès la première tentative, au risque de s'exposer aux pires représailles de la part de ses zélateurs. L'opération que s'apprêtait à mettre en place la France comportait, à n'en pas douter, beaucoup de risques.

ISBN : 979-10-91580-05-2 – EAN : 9791091580052 – *Collection Roman*